ちくま文庫

ザ・ロード

アメリカ放浪記

ジャック・ロンドン

川本三郎 訳

筑摩書房

The Road

Jack London, 1907

目次

註釈作成　秦玄一・筑摩書房編集部
地図作成　朝日メディアインターナショナル

本書では、訳出にあたって、読みやすさのために、原書にはない小見出しを追加し、改行を増やしています。
文中に出てくる単位は以下のように換算されます。一部を除きアメリカで使用される単位のみを記していますので、計算にはこちらをお役立てください。
一マイル＝約一・六一キロメートル　一ヤード＝約〇・九一メートル
一フィート＝約三〇・五センチメートル　一インチ＝約二・五四センチメートル
一ポンド＝約〇・四五キログラム　一クォート＝約〇・九五リットル

北米鉄道概略地図（19世紀末）
ケベック
オンタリオ
ニューハンプシャー
ヴァーモント
ニューヨーク
カナダ太平洋鉄道
メイン
スペリオル湖
モントリオール
オタワ
マサチューセッツ
ウィスコンシン
ヒューロン湖
ミシガン
ミシガン湖
トロント
オンタリオ湖
ボストン
バッファロー
ロードアイランド
コネティカット
エリー湖
アイオワ
シカゴ
ニューヨーク
ニュージャージー
フィラデルフィア
ハリスバーグ
イリノイ
インディアナ
オハイオ
ボルティモア
デラウェア
ワシントン
メリーランド
ペンシルヴェニア
ウェストヴァージニア
ミズーリ
ケンタッキー
ヴァージニア
チェサピーク湾
アーカンソー
テネシー
メンフィス
ジョージア
ノースカロライナ
ミシシッピ
アラバマ
サウスカロライナ
ルイジアナ
ジャクソンヴィル
大西洋
ニューオーリンズ
ミシシッピ川
フロリダ
メキシコ湾
0
500
1000 km

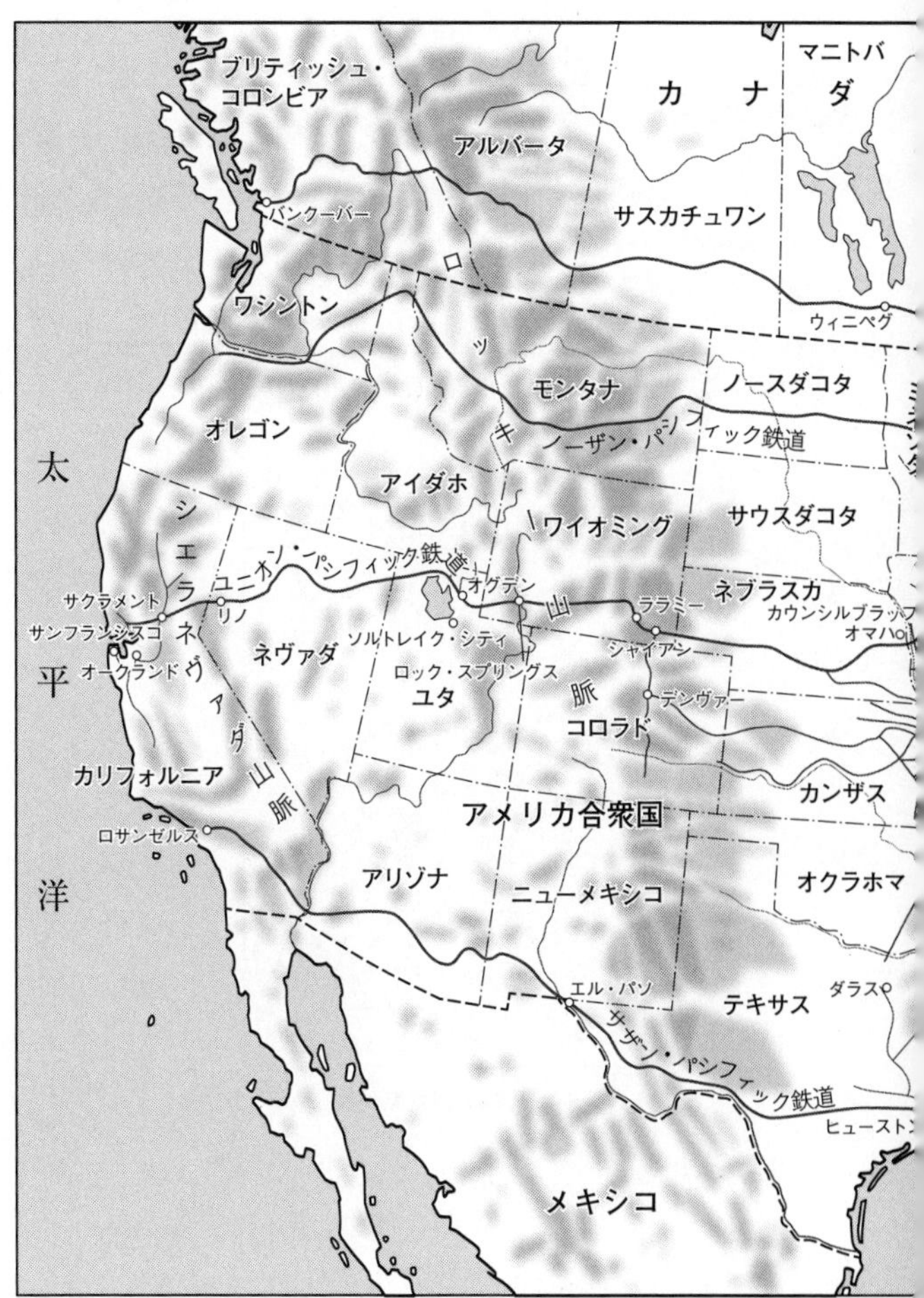

ブリティッシュ・
コロンビア
アルバータ
カ　ナ　ダ
マニトバ
サスカチュワン
バンクーバー
ウィニペグ
ワシントン
ロ
ッ
キ
山
脈
モンタナ
ノースダコタ
ノーザン・パシフィック鉄道
オレゴン
アイダホ
サウスダコタ
ワイオミング
太
平
洋
シ
エ
ラ
ネ
ヴ
ァ
ダ
山
脈
ユニオン・パシフィック鉄道
オグデン
サクラメント
リノ
ララミー
ネブラスカ
カウンシルブラッフ
オマハ
サンフランシスコ
オークランド
ネヴァダ
ソルトレイク・シティ
シャイアン
ロック・スプリングス
ユタ
デンヴァー
コロラド
カリフォルニア
カンザス
アメリカ合衆国
ロサンゼルス
アリゾナ
ニューメキシコ
オクラホマ
エル・パソ
ダラス
テキサス
サザン・パシフィック鉄道
ヒューストン
メキシコ

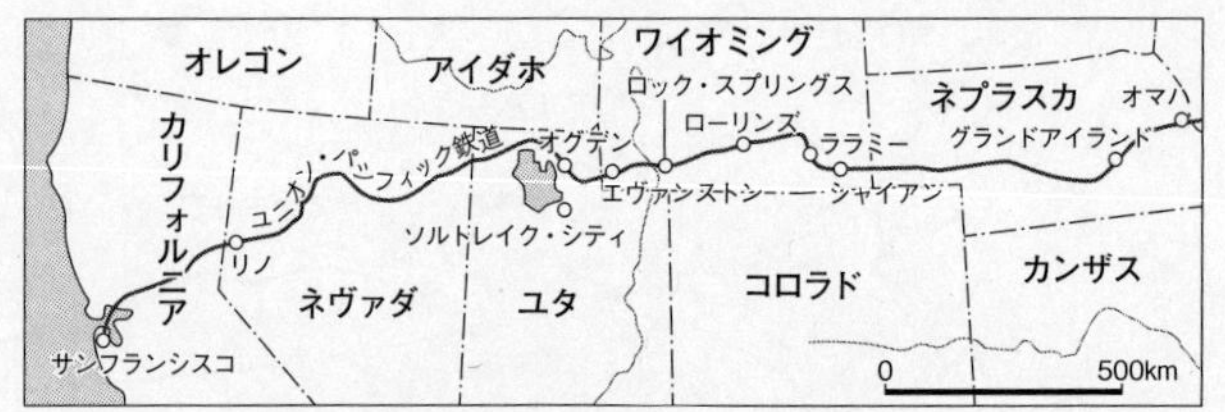

カリフォルニア州〜ネブラスカ州概略地図（第1章など）

ペンシルヴェニア州概略地図（第3章）

ザ・ロード——アメリカ放浪記

まごうことなき本物　ジョサイア・フリントに捧ぐ。

＊ジョサイア・フリントとは、『放浪者とともに』（*Tramping with Tramps,* 1899）で放浪体験を書いたジョサイア・フリント・ウィラード（1869-1907）のこと。

おおざっぱに言って、俺はほとんどの道を旅した。
世界中に通じる楽しい道だ。
おおざっぱに言って、どの道もいいもんだった。
ひとつところに長くいられねえもんにはな。
だけどそんな奴は、俺がしたと同じようにあっちに行って、
まわりのことは死ぬまで気にかけときゃなければいけねえ。

——最高の放浪者による六行六連体の詩

1　貨車のすきまに

出て行け、ガキ

ネヴァダ州に、ある婦人がいる。以前、私は彼女に二時間にわたって、恥知らずにもウソの話を並べたてたことがある。彼女に弁解しようとは思わない。弁解なんて私のがらではない。しかしなぜウソをついたか説明だけはしておきたい。あいにく私は彼女の名前を知らないし、住所も知らない。もし彼女が偶然この文章を読むことがあったら、ぜひ私に手紙を書いてほしい。

一八九二年の夏、ネヴァダ州のリノ[*1]でのことだった。ちょうど農業祭のときで、町には小悪党や詐欺師(さぎし)どもがあふれていた。それにいうまでもなく腹をすかせたホーボー[*2]

＊1　カリフォルニア州境に近いシエラネヴァダ山脈山麓(さんろく)の町。一八五九年に開拓民が住みはじめ、六八年に最初の大陸横断鉄道のセントラル・パシフィック鉄道がここを鉄道建設の基地としたことで発展を遂げた。

（放浪者）がたくさんいた。飢えたホーボーたちのせいで町全体が「飢えた」町に見えた。彼らは、町の人たちの家を訪ねては台所のドアを〝叩いて物乞いをする〟。誰も返事をしないとわかるまでそうしている。

当時のリノは、ホーボーのあいだで〝めし〟にありつきにくい町といわれていた。私は、〝食べもの〟をもらったり〝ちゃんとした食事〟を呼ばれたりするために〝戸口で物乞いをする〟ことや、通りで〝小銭〟をねだることになると、なりふりかまわず平気で〝へりくだる〟ことが出来る人間だったが、そんな私でもこの町では、なかなか食事にありつけなかった。

ある日、もうどうしようもなくなったので車掌の目をうまくごまかして、ある旅行好きの大金持ちの専用車に忍び込んだ。デッキに足を掛けて乗り込もうとしたとたんに汽車が走り出した。私はその大金持ちのほうへ進んでいった。私のすぐうしろを車掌が追いかけてくる。あやういところだった。というのも私が大金持ちのところにたどり着いたのと、車掌が私を捕まえたのはほとんど同時だったのだから。礼儀にかまっている余裕はなかった。「めし代に二十五セントくれ」と私はいきなりいった。

するとその大金持ちは、ポケットに手を突っ込んで、私がいったとおり、ぴったり二十五セントくれた。おそらく彼はびっくりしたのでいわれるままに金を出したのだろう。だとしたらなぜ一ドルといわなかったか。あれ以来ずっとそのことが口惜しくて仕方ない。そういえばきっともらえただろう。私は専用車のデッキから飛び降りた。車掌が上から私の頭を蹴ろうとしたが失敗した。走っている列車のデッキから地面で首の骨を折らないように気をつけて飛び降りる。しかも上には、怒ったエチオピア人のような車掌がいて、こちらの顔を足で蹴ろうとしている。私は実に不利な状況にいた。それでもともかく二十五セントを手に入れた！　やった！

しかしそれはさておき、私が恥知らずにもウソをついたあの婦人のことに話を戻そう。リノでの最後の日の夜だった。その日、私は競馬場に出かけて馬が走るのを見ていたので食事（つまり昼食）を取りそこなってしまった。腹が減っていた。そのうえ、町には保安委員会なるものがつくられ、私のような腹をすかせている人間を町から追い出そうとしていた。すでに仲間のホーボーの多くが警官によって一か所に集められていた。カリフォルニアの太陽にあふれた谷が、シエラネヴァダ山脈[*3]の冷たい山頂を越して、早くこちらに来いと呼びかける声が私の耳に聞えてきた。その声に応えてリノの町におさ

＊2　ホーボーは南北戦争後、アメリカ全土に鉄道網が敷かれようとしているなかで誕生して増加、その後、大恐慌（一九二九年）後などにも流行した。本書では放浪者を「ホーボー」「放浪者」と訳しているが、厳密には、働きながら移動するホーボー（hobo）、社会からドロップアウトして移動をつづけるトランプ（tramp）、移動も労働もしないバム（bum）といくつかタイプがある。ジャック・ロンドンの場合は、この分類に従えばトランプに属する。

らばする前に、しなければならないことが二つあった。まず、その晩、西へ向かう列車の貨車と貨車のあいだのすきまを確保すること。もうひとつは、食べものを手に入れることだった。いくら若いとはいえ、腹をすかせたまま、ひと晩じゅう、列車の外にしがみついているのはごめんだった。しかもその列車は、雪崩よけやトンネルや天まで届きそうな山々の万年雪をぬって、あたりを引き裂きながら突っ走るのだ。

　しかし食べものを手に入れるのがまたひと苦労だった。私は十軒以上の家で〝断られた〟。ときには軽蔑されたし、そんなことをしているとブタ箱に放り込まれるぞともおどされた。最悪なのは、連中のいうとおりだったことだ。だからこそその晩、私は西へ旅立とうとしていたのだ。町には警官が出て、腹をすかせた、家のない放浪者たちをやっきになって捜していた。捕まえてはブタ箱に放り込もうというわけだ。

　何か食べものをとていねいにへりくだって頼んでいるのに、目の前でバタンとドアを閉めてしまう家もあった。ドアを開けない家さえあった。私が玄関のところに立ってノックをする。連中は窓からこちらを見る。そればかりか栄養のよさそうな男の子を抱き上げて、大人の肩越しに、この家で食べものをもらえない放浪者の私を見せようとさえするのだ。

　いよいよ、いちばん貧しい家に行って食べものを頼むしかない状況になってきた。貧しい家こそ腹をすかせた放浪者が最後に頼りに出来るところだ。彼らこそいつでも私たちを助けてくれる。貧しい人間は決して腹をすかせた者を拒絶したりはしない。アメリカのあちこちで、私はこれまで何度も、丘の上の金持ちの家では食べものを断られてきた。しかし、小川や沼地のそばに建てられた小さな掘立小屋（ほったてごや）ではいつも食べものを恵んでもらってきた。窓にはボロが詰めてあり、仕事で疲れきった顔の母親がいるような家だ。慈善屋諸君[*4]！　貧しい人のところへ行って学ぶがいい。本当に人に恵みを与えることが出来るのは貧しい人間たちだけなのだから。彼らは余分にものがあるから人に与えたり、与えなかったりするのではない。彼らには余分なものなどない。彼らは自分たち自身が必要としているもののなかから人に与えてくれる。決して出し惜しみなどしない。しかもそれは多くの場合、彼らが本当に必要としているものだ。犬に骨をひとつやるのは慈善ではない。犬と同じように自分も飢えているときに、犬といっしょに骨を食べる。

＊3　カリフォルニア州東部を海岸山脈と並行に南北に走る山脈。最高峰はホイットニー山（標高四四一八m）。シエラネヴァダとはスペイン語で「雪の山」の意味。

＊4　近代的な慈善事業は一九世紀の機械制工業の勃興期にイギリスやアメリカで生まれた。これは機械制工業の進展にともなって生み出された貧困に対して、慈善という形で対処していこうとするもので、そのなかから社会保障・社会福祉という考えが誕生した。ここでジャック・ロンドンは「慈善屋」という言葉で、「慈善、慈善」といっている金持ちたちが、飢えている者に対して実際には冷淡であることを皮肉っている。

それこそが慈善だ。

その晩、食べものを断られた家でとくに一軒記憶に残っている家がある。食堂の玄関側の窓が開いていてそこからひとりの男がパイを食べているのが見えた――大きなミートパイだった。私は開いたドアのところに立った。男は私と話しているあいだ、ずっと食べていた。彼は金持ちだった。そして自分が金持ちだったから、恵まれない人間に対して怒りを抱いていた。

食べものを恵んでほしいと私がいい終わらないうちに彼はぴしゃっといった。「お前さん、働きたくないんだろ」

見当違いの言い分だった。私は仕事のことをいったのではない。私が口にしたのは〝食べもの〟だった。たしかに働きたくはなかった。その晩西に向かって旅立ちたかったのだから。

「お前さんは働く機会があっても働きたくない人間だろ」彼は横柄にいった。

私は、おとなしい顔の奥さんのほうをちらっと見た。あの女性なら、この地獄の番犬ケルベロス[*5]みたいな男がいなかったらすぐにでもミートパイをくれただろうと思った。しかしこのケルベロスは顔をパイにくっつけるようにしてむさぼり食っている。分け前にありつくには彼のご機嫌を取らなければならない。そこで私はため息をつくと、働かざる者食うべからずという彼の考え方を受け入れることにした。

「もちろん、働きたいですよ」私ははったりをいった。

「信じられんな」彼はあざけるようにいった。

「じゃあ試してみてください」と私は答えた。だんだんはったりに力が入ってくる。

「よし」彼はいった。「……通りと……通りの角のところに来い」――（通りの名は忘れてしまった）――「明日の朝だ。焼けたビルがあるところを知ってるだろ。そこに来たらレンガ積みの仕事をやろう」

「わかりました。そこに行きます」

彼は何か呟（つぶや）いてまた食べ続けた。私は待った。二分ほどして彼は私を見上げた。まだそこにいたのかという表情だった。そして「まだ何かあるのか？」と聞いた。

「あの……食べものをください」私は静かにいった。

「やっぱりお前は働きたくないんだな！」彼はうなり声をあげた。

もちろん彼のいうとおりだった。しかし彼はこの結論を論理的に引き出したのではなく、こちらの心を読んでいったに違いない。なにしろ論理にはなっていないのだから。しかし戸口で物乞いをする人間はいい返したりしてはいけない。私は彼の労働についての考え方だけでなく彼の無茶な言い分も受け入れることにした。

＊5　ギリシア神話に出てくる、三つの頭を持った犬。

「おわかりでしょう、いま腹ぺこなんです」私はなおも穏やかにいった。

「明日の朝になったらもっと腹ぺこになっています。一日じゅう何も食わずにレンガ積みをしたらどうなります。だからいまここで何か食べるものをいただけたら、元気にレンガ積みの仕事が出来ます」

彼は真面目（まじめ）に私の頼みを考えていた。そのあいだも食べるのをやめない。一方、奥さんは愛想のいいことをいおうとしかけたが、かろうじて思いとどまった。

「いいか、よく聞けよ」彼は口に食べものが入っていないときにいった。

「明日仕事に来るんだ。そしたら昼に、食事代を前払いしてやろう。そうすればお前さんが本気かそうでないかがわかる」

「それまでは――」私はいいかけたが、彼はそれをさえぎった。

「いまここで食べものをやってみろ。それっきり、お前さんは二度と俺のところには来やしない。お前らのことはよくわかっているんだ。俺を見ろ。人に借りなんかつくっちゃいない。食べものを恵んでくれと頼むほど落ちぶれたことなんか一度もない。俺は自分の食いぶちはいつも自分で稼いできた。お前さんの問題は、なまけ者でだらしがないことだ。顔を見ればわかる。俺はずっと働いてきたし、正直にやってきた。だからいまの俺がある。お前さんだって働いて、正直にやれば同じことが出来る」

「あなたと同じに？」私は聞いた。

この陰気な、仕事中毒の男の魂にはユーモアのかけらも入り込んだことはないらしい。

「そうさ、俺と同じになる」彼は真面目な顔で答えた。

「みんながですか？」私はなおも聞いた。

「そうだ、お前たちみんながだ」彼は答えた。本当にそう思い込んでいるという声の調子だ。

「でももし私たちがみんなあなたのようになったら」私はいった。「こんなことをいうのを許してください。そうしたらあなたのためにレンガ積みの仕事をする人間が一人もいなくなりますよ」

誓ってもいい。このとき彼の奥さんの目にちらっと笑いが浮かんだ。ところが男のほうはびっくり仰天してしまった。なまけ者を真面目な人間に変えてしまったらレンガ積みの仕事をする人間がいなくなってしまうという恐ろしい事態を考えて驚いたのか、単に私が生意気なことをいったので驚いたのか、それは私にはとうていわからない。

「もう話しても無駄だ」と彼は吠えた。「出て行け。この恩知らずのガキめ！」

私は出て行こうとする意志をあらわすために足をうしろに引いた。そしてまた聞いた――。

「それで食べものは？」彼は突然立ち上がった。大男だった。私のほうは知らない町に来ている他所者だ。おまけに警官が捜しまわっている。急いで立ち去ることにした。

「あいつ、恩知らずとはなんだ?」私は門をバタンと閉めながら呟いた。「あいつから何ももらっていないのに、恩知らずとはいったい何だ?」

私は振り返った。まだ窓越しに男が見えた。彼はとっくにパイに戻っていた。

絶好のカモ

こんなことがあったので私はすっかり元気をなくしていた。何軒もの家の前を通りすぎたが、思い切って物乞いに行く気にはなれなかった。十二ブロックほど歩いてからやっと沈んだ気分を振り払い、〝勇気〟を奮(ふる)い起こした。食べものを恵んでもらうのはゲームのようなものだ。配られたカードが気に入らなかったら、いつだって次の勝負を要求できる。私は心を決めて次の家に挑戦した。夕闇が深くなっていくなか、その家に近づき、台所のドアのほうへまわった。

ドアを静かに叩いた。中年の女性が顔を出した。そのやさしい顔を見た瞬間、突然、この女性にはどんな〝ホラ話〟をしたらいいかが霊感のように頭に浮かんだ。おわかりと思うが、物乞いが成功するかどうかはうまい話をでっちあげられるかどうかの才能にかかっている。まず最初に、その場で、相手がどういう人間か〝見抜く〟必要がある。そのあとで、目の前のカモの性格、資質に訴えかけるようなウソを並べたてなければならない。ここのところが非常に難しい。カモがどういう人間か見抜いた瞬間に、ホラ話に、カモの性格を見きわめ、相手の心にぐっと来る話を考え出さなければならない。稲光のように瞬間的に、カモの性格を見きわめ、相手の心にぐっと来る話を考え出さなければならない。放浪者として成功するには芸術家にならなければならない。

ごく自然に、その場で瞬間的に、話を作り上げなければならない。――話の内容も、自分の想像力から選び出すのではなく、ドアを開けた人間の顔から判断してこの相手にはどういう話がいいか考える必要がある。男か女か子どもか、やさしいか気難しいか、寛大なのか狭量なのか、善良かねじくれているか、ユダヤ人かユダヤ人以外か、黒人か白人か、人種偏見の持ち主か友愛にあふれた人間か、田舎者か都会者か、相手が誰であれ、このやり方は変わらない。

私が作家として成功したのは、若いころあちこち放浪していた時代に経験したこの訓練のおかげではないかとよく思う。生きるための食べものを手に入れるために、私はさも本当らしく聞こえるホラ話をしなければならなかったのだ。短編小説の名手に必要な説得力と誠実さは、やむにやまれぬ必要から他人の家の裏口に立つことで習得されていく。それにまた、私がリアリストになれたのは、若いころの放浪の経験のおかげだとも確信している。食べものをもらおうと台所のドアに立ったとき唯一使える手段は、真実に近い話をするというリアリズムの精神なのである。

結局、芸術とは完璧な巧妙さでしかなく、巧妙さこそが〝ホラ話〟を作るのだ。カナダのマニトバ州ウィニペグ[*6]の警察でウソをついた日のことを私はいまでも覚えている。カナダ太平洋鉄道[*7]で西に向かっている途中だった。

もちろん警官たちは私の話を聞きたがっていた。そこで私はホラ話をしてやった——すぐその場でだ。彼らは大陸の真ん中で暮らしている、海など見たことのない連中だ。そういう相手には海の話がいちばんいいだろ? それだったら彼らにウソを見抜かれる心配はない。そこで私は地獄のような体験をした〝グレンモア〟号での話、涙なくしては聞けない話をしてやった（以前一度だけ〝グレンモア〟号がサンフランシスコ湾に錨(いかり)をおろしているところを見たことがあった）。

俺はイギリス人の見習船員だった、と私はいった。すると警官たちは、私の喋(しゃべ)り方はイギリス人の男の子らしくないという。そこでとっさに話をでっちあげなくてはならなくなる。生まれも育ちもアメリカだが、両親が死んだのでイギリスの祖父母のところにやられた。その祖父母が私を〝グレンモア〟号に見習いに出した。〝グレンモア〟号の船長よ許してほしい。なにしろその夜、ウィニペグの警察で私は彼をひどい悪人に仕立てあげたのだから。ひどく残酷な男! 野蛮な男! 悪魔のような拷問(ごうもん)の天才! だから私はモントリオールで〝グレンモア〟号から脱走したということにした。

しかし、祖父母がイギリスにいるのに、なぜいまカナダの真ん中にいて、西に向かわなければならないのか? そこですぐさま私は、結婚してカリフォルニアに住む姉を作り出した。彼女が私の面倒を見てくれることになっている。私は彼女がどんなに愛情にあふれているか長々と話した。しかし、カナダの冷酷な警官たちは、この話に乗ってこない。イギリスで〝グレンモア〟号に乗ったというのなら、モントリオールで逃げ出すまでの二年間、船はどこで何をしていたんだ？

そこで私は、この海を見たことのない連中を連れて世界じゅうをまわることにした。襲いかかる海に打ちのめされ、飛び散る波のしぶきを浴びながら、彼らは私といっしょに日本の海岸沖で台風と闘った。七つの海のすべての港で荷の積み降ろしをした。私は連中をインドへ、ラングーンへ[*8]、中国へと連れていった。ホーン岬[*9]ではいっしょに船のあちこちにこびりついた氷をハンマーで叩き割った。そしてとうとう最後にモントリオールにたどり着いた。

そこまで話したとき、連中はちょっと待てといった。ひとりの警官が夜の闇のなかへ

＊6　カナダ南部、北緯五〇度線上の町。マニトバ州の州都。
＊7　一八八一年に設立された民間の会社で、八五年に大陸横断鉄道を開通させた。
＊8　ミャンマーの旧首都ヤンゴンのこと。
＊9　南アメリカ最南端の岬。チリ領フエゴ島の南端にあり、大きな岩が海岸線にそそり立ち、一帯は天候が荒れ航海の難所として知られる。パナマ運河が開通するまでは、多くの人たちがホーン岬を経由するルートで旅をした。

出て行った。私はストーヴで身体を暖めながら、彼らが私の話のウソをあばこうと仕掛けてくる罠をどうしたら破れるか頭をしぼった。

その男が警官のあとからドアのところにあらわれたのを見たとたん、私は思わずこれはまずいことになったとうなった。しわだらけのなめし皮のような皮膚は誰が見てもジプシー[*10]のものではない。男が耳につけている小さな金の輪は大草原を渡る風で出来たものではない。男の横揺れするような歩き方は、吹雪や山の斜面で作られたものではない。こちらを見ている男の目のなかにあるのは、まぎれもなく海の太陽の光だ。

面倒なことになった！　六人もの警官が私の心のなかを読み取ろうとしている。私は中国の海を航海したことなどないし、ホーン岬をまわったこともない。自分の目でインドやラングーンを見たこともない。

絶望的な気分だった。大きな災難が、この金の耳輪をつけ、風雨に皮膚をさらされてきた本物の海の男に形をかえて私の前を歩いているようだった。この男は何者か？　何者だ？　彼が私の正体を見抜く前に、彼の正体を見抜かなければならない。新しく方法を考えなければ、このたちの悪い警官たちは私を独房に、裁判所に、さらにまた独房へとしょっぴいていくだろう。相手がこちらのことをどれだけ知っているか、それがわからないうちに先に質問されたら私の負けだ。

絶望的な状況にはあったが、私は、鋭い目つきのウィニペグの警官たちにこちらの苦しい胸のうちを見せなどはしなかった。

この年老いた船乗りが人の良さそうな目をし、顔を輝かせているのを私は見てとった。そして、溺れる者が最後の絶望的な瞬間に救命具を見つけたときに見せる、あの助かったというほっとした気持ちを感じた。この男なら私の話を理解してくれる。そして話を理解出来ない探偵どもに私の話にウソがないことを証明してくれるに違いない。いや、彼はそうしてくれないかもしれない。しかし、少なくともなんとかそうさせることが必要だった。このカモの性格を見抜き、こちらから質問攻めにする。こちらの正体があばかれる前に、警官たちの前でこの救い主の性格を明らかにしてやろう。

彼は心やさしい船乗りだった——〝絶好のカモ〟だった。私が彼に質問をしているうちに警官たちはいらいらしてきた。とうとうなかの一人が私に黙れといった。

私は黙った。しかし口を閉じているあいだも懸命になって頭のなかで話を作り上げた。次の幕の台本を考えた。私はうまくやるのに充分な情報を得ていた。老船乗りはフランス人だった。彼はいつもフランスの商船に乗っていた。〝イギリス船〟に乗ったことは

＊10　ジプシーという呼称は現在では差別的と考えられ、ロマ、ロマニーという呼称が多く使われる。今日の観点では不適切な表現であるが、本作では言いかえが難しい箇所があり、作品が書かれた時代的背景も考慮してそのままにした。

なかった。

一度しかなかった。そのうえ――有難いことに！――彼はもう二十年間も船に乗っていなかった。

警官が私のことを調べるようにと彼をせかした。

「お前さん、ラングーンに寄ったって？」彼が聞いた。

私はうなずく。「そこで三人目の仲間を陸に上げたんだ。熱病にかかったんでね」

どんな熱病だと聞かれたら〝腸チフス〟[*11]と答えるつもりだった。〝腸チフス〟がどういう病気かまったく知らなかったが。しかし彼はその質問をしなかった。かわりに、次に聞いてきたのは――。

「ラングーンはどんなところだい？」

「そうだな、ずっと雨が降ってた」

「上陸許可はもらったかい？」

「もちろん」私は答えた。「見習船員三人でいっしょに上陸したよ」

「お寺を覚えているか？」

「どの寺だい？」とかわす。

「大きいやつさ。石段の上にある」

その寺を覚えているといったら、寺の様子を細かく話さなければならない。深い割れ目が待ちかまえていた。

私は首を振った。

「港のどこからでも見えるだろ」彼が私に教えるようにいう。「上陸許可なんかもらわなくたってあの寺は見える」

このときほど寺のことを嫌いになったことはない。しかしともかくラングーンのその寺の姿を思い描いてみた。

「港からは見えないよ」私は反論した。「町からも見えないし、石段の上からも見えない。というのは――」そこで私は効果を狙ってひと呼吸置いた。「もうその寺はないからさ」

「でも俺はこの目ではっきり見たぜ！」彼が叫んだ。

「それはいつのことだい？」と私が聞く。

「一八七一年だ」

「一八八七年の大地震で壊れたんだ」私は説明した。「古い建物だったからね」

しばらく間があった。彼は若いころに見た海辺の美しい寺の姿を懸命になって思い浮かべようとしている。

「石段はまだあるよ」彼の手助けをしてやる。「石段は港のどこからでも見ることが出

＊11　食べ物などについているチフス菌が、体内に入ることで感染する、生命を脅（おびや）かす感染症。

来る。港に入ってくるとき右側に見える小さな島のことは覚えているか？」彼がうなずいたところを見るとたしかに島があるらしい（いざとなったら左手に変える心づもりはしていた）。「あの島ももうないんだ」私はいった。「七尋（ひろ）[*12]の海の底さ」

そこでひと息つく。彼が時間の変化に思いをめぐらしているあいだに、デタラメな話の最後の仕上げの準備をする。

「ボンベイ[*13]の税関は覚えているか？」

彼は覚えていた。

「焼け落ちてしまったよ」そう告げる。

「ジム・ワンのことは覚えてるかい？」彼が聞き返す。

「死んだよ」私はいう。しかしジム・ワンがどんな人間なのかさっぱり見当もつかない。私はまた薄氷（はくひょう）の上にいる。

「上海（シャンハイ）のビリー・ハーパーは覚えているか？」とっさに彼に聞き返す。

老船乗りはなんとか思い出そうとするが、ビリー・ハーパーなる私の想像が生んだ人間は、彼のおぼろげな記憶のなかにはない。

「もちろんビリー・ハーパーを覚えてるだろ」私はたたみかける。「彼を知らない人間なんていない。上海に四十年もいるんだから。彼はいまもまだいるよ。そういうことさ」

突然、奇跡が起きた。船乗りがビリー・ハーパーを思い出したのだ。おそらくビリー・ハーパーという男が本当にいるのだろう。上海に四十年も住んでいて、まだそこにいる。しかし、私には初耳だった。

さらにたっぷり半時間、船乗りと私は同じような調子で話し続けた。とうとう彼は警官に、この男のいっていることにウソはないといった。おかげでひと晩警察にとめられただけで翌朝朝食がすむと釈放され、サンフランシスコに向かうことになった。

これは罠だ

しかしそんなことより、暮れゆく夕闇のなかでドアを開けてくれたリノの婦人のことに話を戻そう。彼女の親切そうな顔をひと目見るや、ホラ話の手がかりをつかんだ。私は心やさしい、無垢で、不幸な若者になった。緊張して口がきけない若者だ。話をしようと口を開くが、すぐに閉じてしまう。この若者はこれまで一度も他人に食べものをくれと頼んだことはない。だから婦人の前で、痛々しく困惑しきっている。恥ずかしそう

＊12　「尋」は水深を測る単位で、一尋は六尺（一・八一八m）。七尋では約十三mになる。
＊13　インド西海岸の港湾都市。現ムンバイ。十七世紀にイギリスの東インド会社が占拠して以降、イギリスのインド経営の根拠地になった。

にしている。いつもは物乞いは心楽しい遊びだと考えている私が、厳格なブルジョア階級のモラルをすべて背負った、因習にこだわる女の息子という顔をする。

食べものを恵んでもらうようなみじめで下劣なことをする破目になったのは、どうしようもなく腹が減ってその苦しみに耐えられないからなのだという顔をする。さらに私は、物乞いするのに不慣れな、腹をすかせた純真な若者の表情をつくろうとする。弱々しく、何か食べるものが欲しいという顔だ。

「まあ、あなたおなかがすいているのね。かわいそうな坊や」彼女がいった。

私は彼女に先に喋らせた。そしてうなずくと大きく息を吸いこんだ。

「はじめてなんです……こんなお願いをするのは」私は口ごもる。

「お入りなさい」ドアが開く。「食事を終えたところなのよ。でもまだ火は落としていないから何かこさえてあげるわ」

光のところに連れてくると、彼女は私を近くで見つめた。

「うちの子もあなたのように健康で強ければいいんだけど」彼女はいった。「うちの子は丈夫でないの。ときどき倒れるのよ。今日の午後もそれでひどく怪我したわ。かわいそうに」

彼女はなにかいいながら息子の世話を焼いた。その声にはいいようのないやさしさがあり、私も彼女にやさしくされたいと思った。私は男の子をちらっと見た。テーブルの向こう側に座っている。やせて青白く、頭には包帯が巻かれていた。彼は動かなかったが、ランプの光で輝いているその目は、しっかりと私にそそがれ、いぶかるようにこちらを見ていた。

「僕のかわいそうな父にそっくりです」私はいった。「父もよく倒れる病気だったんです。目まいの一種ですね。医者を困らせていました。医者は原因が何かとうとうわかりませんでした」

「亡くなられたの？」彼女は私の前に半熟卵を六個置きながらやさしく聞いた。

「死にました」私は悲しみをこらえる。「二週間前です。そのとき僕は父といっしょでした。いっしょに通りを横切っていたんです。そこで父は倒れ、二度と意識を取り戻しませんでした。ドラッグ・ストアに運ばれ、そこで死にました」

それから私は父のかわいそうな話をさらにふくらませていった——母の死んだあと、私と父がどうして農園からサンフランシスコに行くことになったか、父の年金（彼は元兵士だった）とわずかばかりの所持金では足りなかったこと、そして父がどんなに苦労して本のセールスをしたか。

さらに私は父の死後の数日間、サンフランシスコの町にたった一人残されどんなに悲しかったかを話した。この善良な婦人はビスケットとベーコンを温めてくれた。目の前に並べられていく食べものを私は彼女のペースに合わせて片づけていく。そのあいだも哀れな孤児の話を大きくしていき、細部を埋めていく。私はかわいそうな男の子になりきった。むさぼり食っている美しい卵を信じるのと同じように、彼の存在を信じた。

私は自分のために泣くことだって出来た。ときどき泣き声になるのに気づいた。これは実に効果的だった。

実際、私が話に味付けをするたびにその心やさしい女性は私にいろいろなものをくれるのだ。彼女は昼食の弁当を作ってくれた。ゆで卵をたくさん、コショウと塩の他、それに大きなリンゴを一個入れてくれた。

さらに彼女は厚手の赤いウールの靴下を三足くれた。きれいなハンカチもくれた。

他にもいろいろなものをくれたが、今ではもう忘れてしまった。そうしているあいだも彼女はどんどん料理してくれ、私はそれを次々に食べた。まるで野蛮人のようにむさぼり食った。なぜならそのときシエラネヴァダの山を越え、貨車と貨車のあいだから、私を呼ぶ声が聞こえてきたからだ。

ひとたび旅に出たら次の食事がいつどこで得られるかはわからない。こうしているあいだ、彼女自身の不幸な男の子は、祭りの見世物の骸骨（がいこつ）[*14]のように、黙って身動きもせずに座り、テーブル越しにじっと私を見つめていた。私は彼に、ミステリーとロマンスと冒険を話してやったと思う——どれも彼のような弱々しく明滅する人生では決して得られないものだ。にもかかわらず、私は一、二度、この男の子は私というウソつきの心の底まで見すかしているのではないかと思わざるを得なくなった。

「でも、これからどこへ行くの？」彼女が聞いた。

「ソルトレイク・シティです」[*15]私はいった。「そこに姉がいるんです――結婚しています」（私は彼女をモルモン教徒[*16]にしようかどうか考えたが、結局やめにした）「彼女の夫は配管工です。――請負（うけおい）の配管工です」

そこまでいって請負の配管工というのは、ふつう稼ぎがいいと思われていることに気がついた。しかしもういってしまった。話のつじつまを合わせなければならない。

「僕が頼めば運賃ぐらいは送ってくれるはずなんですが」私は説明した。「でも彼は病気のうえ、仕事の上のトラブルも抱えてるんです。パートナーに騙（だま）されたんです。だか

＊14　アメリカ全国の町の祭りでは、見世物や興行などが出ることも多い。なかでも、骸骨や奇人など珍しい見世物は人気を集めていた。

＊15　ユタ州の州都。ロッキー山脈とシエラネヴァダ山脈に挟まれたユタ州北部の町。東部・中部を追われたモルモン教徒が、一八四七年七月二十四日にブリガム・ヤングに率いられてこの地に到着し、町を建設した。四九年以降のゴールド・ラッシュ時代に中継地として栄えた。

＊16　モルモン教は、正式には「末日聖徒イエス・キリスト教会」という。一八三〇年にニューヨーク州パルマイラで発行された宗教的歴史書『モルモン書』に由来する。

ら金を送ってくれっていう手紙は出したくないんです。なんとかあっちに着くことは出来ますよ。だから二人には、僕にはソルトレイク・シティに行くお金が充分あるって思わせておきたいんです。姉はきれいで、とてもやさしいんです。いつも僕に親切にしてくれました。僕は店員になって商売を覚えるつもりです。姉には女の子が二人います。二人とも僕より年下です。一人はまだ赤ん坊です」

私にはアメリカじゅうの都市に結婚した姉がいることになるが、そのなかでもとくにこのソルトレイク・シティの姉は私のお気に入りだった。彼女も本当に実在しているように思えた。彼女のことを話すとき、私には彼女と二人の娘と配管工の夫の姿が見えた。彼女は、大きくて母性的な女性だ。情け深いしっかりものといっていい。――いつもうまいものを料理してくれて、しかも絶対に腹を立てないというタイプだ。髪はブルネット。[*17]夫は物静かで細かいことに腹を立てない。ときどき私は彼のことをよく知っているように思えてくる。いつか彼に会えることだってあるかもしれない。あの老船乗りがビリー・ハーパーを覚えているとしたら、私がいつかソルトレイク・シティに住んでいる姉の夫に会える可能性だってあるわけだ。

一方で私は、自分で作り出したたくさんの両親と祖父母に生きて会えることはないだろうと確信している――なにしろ、彼らのことごとくを殺してしまったのだから。母親を消してしまうのにいちばん気に入っている方法は、心臓病だった。ときどきは、肺病や肺炎や腸チフスの手も使ったが。イギリスに祖父母がいることになっていることは、ウィニペグの警官も証明してくれるだろうが、なにしろそれはもうずっと前のことだから、二人ともとっくに死んでいるといっても許されるだろう。それに彼らは私に一度も手紙をくれないのだから。

私は、リノの婦人がこの文章を読んで、私の礼儀知らずの行いとウソを許してくれることを願っている。弁解はしない。恥ずかしいと思っていないからだ。

私が彼女の家のドアを叩いたのは、私が若く、生きる喜びにあふれ、いろいろなことを経験したいと思っていたからだ。あれは私のためになった。私に、人間は本来心やさしいものだということを教えてくれた。彼女のためにもなっていればと思う。いずれにせよ、私がどうしてウソをついたかがわかれば、彼女は笑って許してくれるかもしれない。

彼女には私のホラ話は〝本当〟のことだった。彼女は私と私の家族全員のことを信じた。そしてこれからソルトレイク・シティまで危険な旅をしなければならない私のことを気づかってくれた。彼女の気づかいに触れて私も悲しくて泣きそうになった。

＊17　黒みがかった髪の毛のことをいうが、皮膚・目・髪の毛などが黒みがかっている人を指すこともある。

両腕に昼食の弁当をいっぱい抱え、ポケットには厚手のウールの靴下をふくらませて、いよいよその家を去ろうとしたときになって、彼女は鉄道の郵便の仕事をしている甥だか叔父だか誰か親戚のことを思い出した。しかも彼はちょうどその晩私が乗ろうとしている列車に勤務するという。ちょうどいいわ！　彼女は私を駅に連れて行って、彼に事情を説明する。そして私を郵便車に隠してもらう。そうしたらなんの危険も困難もなく私はまっすぐにオグデン[*18]に行ける。ソルトレイク・シティはそこからわずか数マイル先だ。

この話を聞いて私はがっくりきた。彼女は自分の計画を話しながら興奮している。それなのに、私のほうは、心のなかでは落胆しているにもかかわらず、これで問題は解決したと大喜びしているふりをしなければならなかった。

しかしなんと皮肉な解決だろう！　その晩、私は西に行こうとしていたのだ。それなのに東に行く破目になってしまった。

これはまさに罠だった。しかも、恥ずかしいことにあれはみんなウソですといって、彼女を傷つけるわけにもいかなかった。そこでいかにも喜んでいるふりをしながら、私はこの罠から逃れる方法を考えようと必死になって頭を働かせた。しかしいい方法はない。彼女は郵便列車まで見送りに来るだろう――自分でそういった――そこで郵便の仕事をしているという彼女の親戚が私をオグデンに運んでくれる。そうなったら私は、西に行くためにまたあの何百マイルにも広がる砂漠を、列車をただ乗りしながら戻ってこなければならない。

しかし、その晩、幸運は私を見放さなかった。ボンネット[*19]をかぶって私に付き添って家を出ようとしたときになって彼女は、うっかり間違いをしていたことに気がついた。郵便の仕事をしている親戚が来るのはその晩ではなかった。勤務時間が変更になっていたのだ。彼が来るのは二日後だった。助かった。若さあふれる私にはとうてい二日も待つことは出来ないからだ。私は彼女に、いますぐに出発すればソルトレイク・シティにもっと早く着けると明るくいいきかせ、彼女が気をつけて、さよならというのを耳にしながらその家を立ち去った。

それにしてもあのウールの靴下は素晴らしかった。私はその夜、大陸横断列車[*20]の貨車と貨車のあいだに乗って靴下をはいた。そして列車は西へと向かった。

＊18　ユタ州北部の町。ソルトレイク・シティの北約六十㎞のところにある。一八五一年に市制を施行、六九年に大陸横断鉄道が開通して発展した。

＊19　女性・子ども用の帽子で、前額を出し、頭の中央から後部にかけて覆い、ひもをあごの下で結ぶタイプのもの。

＊20　南北戦争中の一八六二年にリンカーン大統領と連邦議会が大陸横断鉄道の建設に正式認可を与えた。最初の大陸横断鉄道は、ネブラスカ州のオマハから、ゴールドラッシュで沸いたカリフォルニア州のサクラメントまで通そうという計画だった。カリフォルニア側からはセントラル・パシフィック鉄道が建設を進め、オマハ側からはユニオン・パシフィック鉄道が建設していき、六九年五月十日にユタ州プロモントリー・ポイントで東西の線路を結ぶ金の犬釘（いぬくぎ）がレールに打ち込まれた。北米の大陸横断鉄道は、その後カナダも含めいくつかのルートで作られた。

2　食卓の幸運

連結台のサーカス

事故の場合は別にして、若さと敏捷(びんしょう)さを兼ね備えた優秀なホーボーというのは、たとえ車掌たちが放浪者たちを列車から〝放り出してやる〟とやっきになっている場合でも、ただ乗りに挑戦してみるものだ——もちろん、基本的に時間は夜という条件がつくが。

そういうホーボーが、夜、ただ乗りしてやろうと決心したら、あとは成功するか失敗するかどちらかしかない。車掌がホーボーを汽車から放り出す方法は、殺人までは犯さないにしても、合法的なものはひとつもない。

近年放浪者のあいだで車掌は人殺しもやりかねないと恐れられている。私がアメリカを放浪して歩いていたころはそんな極端なことはなかったから、この点についてはいま個人的な意見をいうことは出来ない。

しかし、〝危険な〟鉄道のことは聞いたことがある。

放浪者が貨車の〝下にもぐり〟、鉄の軸(ロッド)[*1]の上に乗ってしまうと、汽車が走っているあいだは、ふつう車掌には彼を追い出す方法はない。

放浪者は貨車の下の居心地のいい空間に身を隠す形になる。四つの車輪と貨車の下のフレームが彼を隠してくれる。車掌は〝絶対〟彼を追い出せない――しかしいったん危険な汽車に乗るともう安全とはいえない。

危険な汽車とは、ふつう少し前に車掌が一人ないし数人、放浪者に殺された汽車のことだ。車掌は復讐に燃えて放浪者に襲いかかり、〝貨車の下〟にいるところを捕まえようとする――時速六十マイルで走っている汽車にただ乗りしているところを捕まるのだから命にかかわる。

制動手は、連結棒と一本の長い綱を、放浪者が隠れている貨車の前部、連結部分の方へと垂らしていく。連結棒には綱がついている。制動手は棒を連結台の下から線路に落とすと、綱をゆるめて棒を貨車の下へとくり出してゆく。金属の硬い棒はレールのあいだの枕木にぶつかると、はねかえって貨車の下にぶつかる。そしてまた枕木にぶつかる。棒はさまざまな方向にバウンドし、貨車の下に衝撃を与えることになる。

制動手はこの棒を前後左右に動かしたり、綱をゆるめたりたぐったりして操作する。

バウンドする鉄の棒は人殺しの武器になり、時速六十マイルでは貨車の下に隠れている放浪者に確実に死をもたらす。翌日、彼のばらばらになった遺体が線路脇に集められ、地方紙に一行「身元不明の男、間違いなく放浪者、おそらく酔って、眠ったまま線路に落ちたものと思われる」という記事が出る。

ただ乗りのうまいホーボーがどうやって汽車に乗るか。その一例を私の経験から話してみよう。そのころ私はオタワ[*3]にいた。カナダ太平洋鉄道で西に向かっているところだった。

私の前には三千マイルに及ぶ鉄道が延びていた。季節は秋で、これからマニトバ[*4]とロ

＊1　ロッドとは車両の下側に取り付けられている金属製の枠組みのこと。ホーボーはこれに乗って旅をすることから、ホーボー言葉で"hit (ride) the rods"というのは貨車列車にただ乗りするという意味で使われる。以下、本章のただ乗りの様子は巻末写真資料を参照。

＊2　初期の列車はブレーキをかけるのに人力に頼っていた。旅客列車では、車両ごとに制動手がいて、機関士が短く汽笛を鳴らすのを合図に制動手が外に出てブレーキハンドルを回して列車を止める。貨物列車では、ふつう車掌車にいる制動手が貨物の屋根に上って走り、車両ごとにブレーキをかけていた。このため、制動手はたえず危険にさらされながら仕事をしなくてはならなかった。一八六九年にジョージ・ウエスティングハウスが機関車の圧縮機から管で引き込んだ空気圧の力で働くエアブレーキを発明したが、この発明は人気の高い快速旅客列車にはすぐに採用されたものの、それ以外の旅客列車や貨物列車では依然として制動手によってブレーキがかけられ続けた。すべての列車にエアブレーキ装着の義務が打ち出されたのは、九三年のことだったが、当時はまだ全車がエアブレーキにはなっていなかったようである。

＊3　カナダの南東部に位置する、カナダの首都。

ッキー山脈を越えなければならなかった。〝極寒〟が予想された。出発が遅れるたびに、旅はきびしい寒さを増すことになる。そのうえ、私はもうその時点でうんざりしていた。モントリオールとオタワの距離だけでも百二十マイルある。ちょうどそこを旅してきたばかりだったから、私にはよくわかっていた。わずか百二十マイルの旅なのに六日もかかってしまった。うっかりして本線に乗りそこない、一日に二本しか汽車のない小さな〝ローカル線〟に乗ってしまったのだ。そしてその六日間、乾いたパン屑しか口に出来なかった。しかもそれさえ充分でなかったので、フランス人の農夫に頼んで食べものをもらった。

さらにうんざりしたのは、これからの長旅に必要な衣類を手に入れるために、オタワで一日を過ごさなければならなくなったことだった。ここで記録にとどめておきたいことがある。

例外は一つあるものの、オタワはアメリカとカナダでいちばん服を手に入れにくい町ということだ。例外というのはワシントンＤＣ[*5]で、この美しい町には我慢ならない。私はワシントンで靴を一足恵んでもらおうと二週間も費やしたことがある。結局手に入らずジャージー・シティ[*6]に行かざるを得なかった。

オタワの話に戻ろう。朝の八時ちょうどに私は服を探しに出かけた。一日精力的に歩きまわった。間違いなく四十マイルは歩いた。数えきれないほどの家を訪ね、主婦に会った。食事の時間さえ惜しんだ。そして夕方の六時、十時間も辛抱強く気の滅入るような苦労をしたのに、私の手にはシャツ一枚なかった。なんとかズボンを一本手に入れたが、きつすぎるうえに、早くもほころびがあちこちに見られるしろものだった。六時に仕事をやめ、駅に行くことにした。途中で何か食べものにありつけるのではと思っていたが、まだ不運にとりつかれていた。あちこちの家で食べものを断られた。それからやっと〝施しもの〟にありついた。それでいっぺんに元気が出た。というのは、これまで長いことといろいろな経験をしてきたが、それはこれまででいちばん大きな〝施しもの〟だったからだ。新聞紙に包んであり、大人用のスーツケースくらい大きかった。

私は急いで空き地に行くと包みを開いた。はじめ目に入ったのはケーキだった。次も

＊4　マニトバは五大湖地方の西に位置し、プレーリー地帯の東端部にあたる。春小麦の栽培が盛んな農業地帯で、アメリカとはセントポール・ミネアポリス＆マニトバ鉄道で結ばれていた。カナダ太平洋鉄道は、サスカチュワンの鉱業地域を通過し、アルバータ州に入る。そしてロッキー山脈にとりかかり、太平洋岸のバンクーバーに下りていく。

＊5　ワシントン・コロンビア特別区。連邦議会の直轄地で、どの州にも属さない。一八〇〇年にフィラデルフィアから遷都し、それ以降アメリカ合衆国の首都。

＊6　ニュージャージー州東部、ハドソン川を挟んでニューヨークの対向にある町。

ケーキ。あらゆる種類、形のケーキ、さらにまた。なかはみんなケーキだった。ぶあつい、歯ごたえのある肉をはさんだサンドイッチではなく――ケーキばかり。おまけに私はケーキが大嫌いときている！　こういう場合、昔の異国の人間はバビロンの川辺に座って泣いたのだろう。[*7]私もまたカナダの誇り高き首都の空き地に座って、山のようなケーキを前にして泣いた。

父親が死んだ息子の顔を見つめるように、私もその大量のペストリー[*8]を見つめた。たしかに恩知らずの放浪者だと思う。人が気前よくくれたものを食べようとしないのだから。その家では前の晩にパーティを開いた。しかし、明らかにパーティの客もケーキが気に入らなかったようだ。

そのケーキが私の運命の分かれ道になった。これ以上もう悪くなることはない。事態はいい方に向かうに違いない。事実そうなった。次の家で私は〝食卓での食事〟に招かれたのだ。

〝食卓での食事〟は最高の喜びだ。まず家のなかに入れてもらえる。手や顔を洗う機会を与えられることもよくある。それから〝食卓での食事〟が始まる。放浪者はテーブルの下に脚を投げ出してくつろぐのが好きだ。その家は大きくて居心地がよかった。広い敷地のなかに美しい木々に囲まれて建っている。通りから奥まっているから静かだ。家の者は食事を終えたところだった。私は食堂に案内された――それ自体、異例のことだった。

食卓で食事をする幸運に恵まれた放浪者でもふつうは台所に通されるのだから。白髪まじりの品のいいイギリス人、奥様然としたその夫人、そして美しく若いフランス人の女性が、私が食事をしているあいだ話し相手になってくれた。

あの美しく若いフランス人の女性は、その日、私が〝ツー・ビッツ（二十五セント）[*9]〟という品の悪い言葉を口にしたとき思わず笑い出したことを覚えているだろうか。それとなく彼らに〝小銭〟を恵んでくれるように頼んだとき、私はその金額を口にすることになった。「え？」と彼女が聞き返した。「ツー・ビッツ」と私。それを聞いて彼女は大声で笑い出してしまった。「もう一度いってみて？」どうにか笑いをおしこらえると彼女はいった。「ツー・ビッツ」と私。すると彼女はまたどうにもならなくなって美しい笑い声をあげた。「ごめんなさい、笑ったりして」と彼女はいった。「でも……、なんておっしゃったの？」。「ツー・ビッツ」と私はいった。「それがなにかおかしいですか？」。

＊7　紀元前六世紀のバビロン捕囚の際、ユダ王国から連行された人びとはバビロンの町の横を流れるユーフラテス川のほとりにたたずみ、故郷を思って泣き続けたと伝えられる。

＊8　小麦粉、バター、砂糖などを混ぜて作られた生地を焼き上げて作った菓子類の総称。

＊9　一ビットは十二セント半だが、通常は偶数倍でのみ使われる。アメリカで十二セント半の価値で通用していたスペインやメキシコの銀貨を、ビットと呼んだことに由来する。

「はじめて聞く言葉だから」と彼女は、笑いを無理にこらえながらいった。「でもなんのことですの?」。

私は説明した。しかし、いまとなっては、はたして彼女からそのツー・ビッツをもらったのかどうかはっきり記憶にない。ただあれ以来、ほんとうは私たちのうちどちらが田舎者だったのだろうとよく考えたりする。

そのあと、駅に着いてみると大陸横断列車の貨車と貨車のあいだ（ブラインド・バゲッジ）の連結部分にただ乗りしてやろうと待ちかまえている放浪者が少なくとも二十人はいた。

これにはうんざりした。二、三人が乗るのならいい。それだったら目立たない。しかし、二十人とは！　これでは必ずトラブルが起きる。乗務員はわれわれを絶対に全員は乗せないだろう。

ここでブラインド・バゲッジについて説明しておいたほうがいいだろう。郵便車のなかには前後方に通じるドアがないものがある。こういう車両が「ブラインド」と呼ばれる。ドアが付いている場合でもふつうは鍵がかかっている。

列車が走りだしてから放浪者がこのブラインド車の連結部分に飛び乗ったとする。ドアはないか、あっても閉まっている。だから車掌（シャック）にしても制動手にしても彼のところまでいって運賃を請求することは出来ないし、彼を列車から放り出すことも出来ない。つまり次の駅まではこの放浪者は安全というわけだ。

駅に着くと彼はすぐに飛び降りて、暗闇のなかを走って列車より前方に行かなければならない。そこで列車が走り出すのを待っていて、走り出した列車が前を通り過ぎるときにまたブラインド車の連結台に飛び乗る。これがただ乗りのやり方だが、他にも方法はたくさんある。いずれ紹介しよう。

列車が走り出すと、その二十人の放浪者たちは群れをなして三両のブラインド車の連結台に飛び乗った。列車が貨車一台ぶんも走り出さないうちによじのぼるやつもいた。下手糞(へたくそ)な新米たちだ。いずれすぐに失敗する。

もちろん列車には乗務員が〝乗っている〟。だから最初の駅で早くも騒ぎが始まる。私は素早く列車から飛び降りると、線路に沿って、前方めざして走った。気がつくと他の放浪者も私といっしょに走っている。ただ乗りのやり方を心得ている連中だ。列車にただ乗りしようと思ったら、まず駅に着いたときに列車より前方の位置に行っておかなければならない。

だから私は前に向かって走った。走りながら気がつくといっしょに走っていた連中が一人また一人と遅れ、抜け落ちていく。ただ乗りに必要な技術と勇気を持っているかどうかはここでわかる。

というのは、このやり方がただ乗りには効果的だからだ。列車が走り出すときふつう車掌は放浪者を乗せないようにするために、自分がブラインド車の連結台に乗っている。

そのために列車が走り出してから普通の車両に戻るには、彼はいったんブラインド車の連結台から降りて、次に、端にドアが付いている普通の車両の連結台に飛び乗らなければならない。

列車が危険なくらい速度をあげているときに、彼はブラインド車から飛び降り、何両かをやり過ごし、そしてふつうの車両に飛び乗るという段取りだ。そこで放浪者のほうはあらかじめ列車の前方まで走っていき、そこで待機し、やがてまた走り出した列車のブラインド車の連結台に飛び乗る。そのときには車掌はもうそこにはいない。

私は最後まで私についてきた放浪者との距離を五十フィートほど広げたところで、列車が来るのを待った。列車が走り出した。最初のブラインド車のところに制動手(シャック)が持っているランプが見える。やはりブラインド車の連結台に乗っていたのだ。

そのドアのない貨車が通り過ぎていくのを、線路脇にいる新米たちが情けなそうな顔で見送っているのが見える。彼らには列車に乗る勇気はない。下手なやり方をするから、最初から勝負に負けている。

彼らのあとに少しはゲームのやり方を知っている連中が列になってやってくる。彼らは制動手の乗っている最初のブラインド車はやり過ごし、二番目、三番目のに飛び乗る。もちろん制動手はそれを見て最初のブラインド車から飛び降りて、二番目のに乗りこむ。そして連結台でもみあいとなり、乗っていた放浪者たちを列車の外に放り出してしまう。

しかし、私のほうは列車のずっと前方で待機しているから、最初のブラインド車が近づいたときには、制動手はもうそこにはいない。彼は二番目の連結台で放浪者ともみあっている。だから私はゆうゆうと最初のブラインド車の連結台に乗りこむ。私と同じように列車のずっと前方まで走ってきた、要領を心得ている六人ほどの浮浪者もそこに乗り込む。

次の駅でまた私は線路に沿って前方へと走る。気がつくと人数は十五人に減っている。五人が放り出されたわけだ。車掌たちの優雅な排除作業がすでに始まっている。それは列車が駅に着くたびに続けられる。十四人が十二人になる。十一人、九人、八人とだんだん減ってくる。

子守歌の十人の小さな黒人を思い出す。私は最後の一人になろうと決心する。[*10] 不可能ではない。私には力、敏捷さ、若さがある（私は当時十八歳で、健康そのものだった）。〝勇気〟も持っている。それに私は最高の放浪者だった。他の連中は私に比べればただのガキ、〝新米の放浪者〟、素人（しろうと）にすぎない。最後の一人になれないのならこんなゲームはやめて、どこか馬の飼料でも作っているさえない農場で仕事を見つけたほうがましだ。

＊10　マザーグースの歌で最後に子どもがひとりになってしまう。アガサ・クリスティの『そして誰もいなくなった』はこの歌がモチーフになっている。

人数が四人に減るころになると、車掌たちは全員、われわれを放り出すことに熱中してくる。ここからは技能と才覚の争いだ。車掌たちのほうが有利だった。生き残った三人も一人一人いなくなり、とうとう私一人になった。それには驚いたが、同時に私は自分に誇りを感じた。大金持ちのクロイソス[*11]がはじめて百万ドルを手にしたときに感じた以上の気分だった。制動手(シャック)が二人、車掌が一人、機関助手が一人、機関士が一人乗っている列車にみごとただ乗りしたのだ。

屋根に乗る

ここでさらに私がうまくただ乗りに成功した例をいくつか紹介しよう。いま述べたように暗闇のなかを列車の前方まで走る――ずっと前の方まで行くから、ブラインド車が私のところに近づいてくるときには制動手はいや応なくそこを降りている――それを見てからゆうゆうと乗りこむ。首尾は上々だ。次の駅まではこれで心配はない。

駅に近づくと私はまた前方へと突進し、同じ作戦を繰り返す。列車が走り出す。近づく列車を見る。ブラインド車にランプは見えない。車掌は戦いを放棄したのか？　私にはわからない。誰にもわからない。だからつねに用心しなければならない。最初のブラインド車が目の前に近づいてくる。私はそれに飛び乗ろうと走りながら、連結台に制動手がいないかどうか目を見張る。連中は、ランプの光を消してそこに隠れているかもしれない。そして私がステップに足をかけたとたんにランプで頭を殴りつけてくるかもしれない。気をつけなければ。私はこれまで二、三度、ランプで殴られたことがあるのだから。

しかし、最初のブラインド車には制動手はいない。列車はスピードをあげてゆく。これで次の駅までは安全だ。いや本当に安全か？　列車がスピードを落としたように思えてくる。とたんに私は警戒する。連中は私を捕まえようと罠を張っている。私にはそれがどういうものかわからない。私は同時に列車の両側を注意する。前方の炭水車[*12]に注意するのも忘れない。この三方向のどこからか、あるいは三方向すべてから襲われるかもしれないのだ。

やはり、そうだった。制動手は機関車に乗っていた。最初に警戒しなければならない

＊11　リディアの王。前五六〇年に三十五歳で王位を継いだ。現在のカッパドキア地方一帯を支配し、その富は当時並ぶものがなかったといわれる。

＊12　蒸気機関車には、機関車自身に石炭と水を積んでいるタンク機関車と、うしろに石炭・水を積載する車両を連結するテンダー機関車とがある。長距離を走る機関車はテンダー機関車で、炭水車は底部に水槽を設け、その上を石炭を積むスペースにしている車両である。水槽は水の動揺を防ぐために、内部がいくつにも仕切られている。

のは、制動手（シャック）がブラインド車の右側のステップに足をかけたときだ。

その瞬間、とっさに私はブラインド車の左側に降りて、機関車の横を前方に走る。そして暗闇に姿を隠す。このやり方は列車がオタワを出てからずっと変わらない。私は列車の前方で待っている。列車は旅を続けるとしたら、私の前を通らざるを得ない。私には相変わらずその列車に乗りこむチャンスがある。

私は注意して様子を見つめている。ランプがひとつ機関車のほうへ近づいてくる。そこから戻った様子はない。とするとまだランプは機関車の上にある。ランプは制動手の手にあると考えるのが当然だ。あの制動手は横着な男らしい。そうでなければこちらに近づいてくるとき、ランプの光をおおったりせず、ちゃんと消していただろう。

列車が走り出す。最初のブラインド車には誰も乗っていない。私はそこに乗る。前と同じように列車は速度を落とす。制動手が機関車を降り、ブラインド車の連結台に乗り込んでくる。私は彼と反対の方向に降りて、前方へ走る。

暗闇のなかで待機しながら私は誇りで身体（からだ）が震えるのを感じる。

大陸横断列車が私ごとき人間のために二度もとまったのだ[*13]——放浪中の貧しいホーボーのために。私ひとりで、多数の乗客と車両、政府の郵便物、機関車には二千馬力[*14]の蒸気機関を備えた大陸横断列車をとめたのだ。体重はわずか百六十ポンド（約七十二・六キロ）、ポケットには五セント玉ひとつ持っていなかった私が！

ランプがまた機関車の方に向かってゆくのが見える。しかし、こんどはそれがはっきりわかる。はっきりしすぎて、気に入らない。どうしたのだろうと思う。機関車に乗った制動手の他にも、気をつけなければならない相手がいる。列車が動き出す。ちょうど飛び乗ろうとする寸前に、最初のブラインド車の連結台に、ランプを持たない別の制動手の黒い姿があるのに気がつく。私は最初のブラインド車をやり過ごし、二番目のに乗ろうとする。

しかしそのとき最初のブラインド車に乗っていた制動手が飛び降りて、私のあとを追ってくる。さらに、機関車に乗っていた制動手のランプがちらっと目に入る。彼も飛び降りてくる。いまや二人の制動手が私と同じ側の地面にいることになる。次の瞬間、二番目のブラインド車が通り過ぎる。私はそれに飛び乗る。しかしそこに長くはいられな

＊13　近代郵便制度のもとでは、郵便物は政府が独占的に取り扱う。アメリカでは、鉄道を開設する際に、鉄道会社は政府から土地の供与を無償で得ていた。鉄道会社は、その土地に線路を敷設するだけでなく、入植者たちに土地を転売して多大の利益を得ていたため、政府は郵便物と軍隊の輸送を無料か格安料金で行うことを、鉄道会社に義務づけていた。

＊14　「馬力」はジェームズ・ワットが蒸気機関の性能を測るために案出した単位で、五五〇フィート・ポンド／秒を一馬力とした。メートル法では七十五kg・m／秒を一馬力（PS）としている。自家用自動車は百～百五十馬力程度なので、その十倍以上の性能ということになる。

い。

対抗手段は考えてあった。連結台を急いで向こうへと横切る。追ってきた制動手(シャック)がステップに足をかける大きな音が耳に聞える。列車の向こう側に飛び降りると私は列車に沿って前方へと走る。私の考えは前方へ走っていき最初のブラインド車の連結台に乗ることだ。成功の確率は五分五分。列車がスピードをあげているからだ。それに、私のうしろには制動手がいて追いかけてきている。

最初のブラインド車にうまく飛び乗る。私のほうがあいつより速いスプリンターというわけだ。私はステップに立って、追っ手を見つめる。わずか十フィート(約三メートル)しか離れていない。

必死に走っている。しかし列車のスピードはいまや彼と同じにまであがっている。私に比べたら、彼は静止しているといっていい。私は彼を励ましてやり、手をさしのべる。しかし彼は、怒りを爆発させ、追うのをあきらめ、数台あとの車両に乗る。

列車はスピードをあげて走る。私は成功がうれしくてまだひとりでくすくす笑っている。そのとき、何の前ぶれもなくホースの水が襲ってくる。機関助手が機関車からホースで水をかけてきた。

私は連結台から炭水車のうしろに移動し、その張り出しの下に隠れる。水はむなしく私の頭の上を越えてゆく。私の指が炭水車によじのぼって、石炭のかたまりで機関助手を殴ってやりたくてうずうずしてくる。しかしそんなことをしたら、その男と機関士に殺されるのはわかっている。だからなんとか我慢する。

次の駅で列車を降り、暗闇のなかを前方へ進む。こんどは列車が走り出したとき、制動手は二人とも最初のブラインド車に乗っている。連中の考えは見抜いている。彼らは私が前と同じ方法を繰り返すのを防いでいるのだ。

こんどは二番目のブラインド車に乗り、連結台を横切って向こう側に出て、前方に走るという方法をとることが出来ない。最初のブラインド車が通り過ぎても私が乗らないとわかると彼らは二手に分かれ、列車の両側を固める。私は二番目のブラインド車に乗る。そうしながらも私には、すぐに二人の制動手が私をはさみ打ちしてくるのがわかる。罠のようなものだ。両側ともふさがれてしまった。しかしまだ逃げ道がある。上だ。

そこで追っ手が来るのを待たずに私は連結部分に付けられた鉄棒をよじのぼり、ハンドブレーキのハンドルの上に立つ。これで少し余裕が出来たが、両側から制動手がステップをのぼってくる音が聞こえてくる。

立ちどまって様子を見る余裕はない。腕を上にあげ、両手で二つの車両の屋根がカーヴを描いている端のところをつかむ。もちろん一方の手はひとつの車両の屋根の端、もう一方の手はもうひとつの車両の屋根の端だ。このときにはもう二人の制動手は車両に取り付けられたステップをのぼってきている。

見る余裕はないがはっきりわかる。いまいったことはすべて数秒のうちに起きている。私は両足をバネにして、両腕で自分の身体を〝持ち上げる〟。二人の制動手（シャック）が私に手を伸ばしたときには私はもう両足を引き上げているから、連中は空（くう）をつかむことになる。こんどは下を見る余裕があるからちゃんとわかる。連中が悪態をつくのも聞こえる。

私はいま危なっかしい場所にいる。二台の車両の屋根の端がカーヴを描いているあいだにいるのだ。素早く注意しながら、私はまず両足を片方の屋根の端に移動させ、次に両手をもう一方の屋根の端に移す。ちょうど車両のあいだに突っ張っている状態になる。それからカーヴを描いている一方の屋根の端をつかむと、そのカーヴしている部分をよじのぼり、平坦（へいたん）な屋根にたどり着く。

そこでようやく座ってひと息つく。そのあいだ、屋根の外に突き出ている通風管につかまっている。いま列車のてっぺんにいる——放浪者たちが〝屋根〟と呼ぶところだ。そしていま説明した一連の動作を彼らは〝屋根に乗る〟と呼ぶ。——ここでこれだけのことはいっておきたい。

旅客列車の屋根に乗ることが出来るのは若くて元気のいい放浪者だけであり、さらにその若くて元気のいい放浪者には勇気も必要だということだ。

列車はスピードをあげて走っている。これで次の駅までは安全だ——安全といってもせいぜい次の駅まででしかない。列車がとまったときまだ屋根の上にいたら、制動手たちがいっせいに石をぶつけてくるのはわかっている。健康な制動手ならかなり重い石のかたまり――五ポンドから二十ポンドはある――を屋根の上に〝投げ入れる（デュードロップ）〟ことが出来る。

　一方、次の駅で制動手が、私はのぼったところと同じ場所から降りてくるだろうと思って待ちかまえている可能性も大きい。そうなら有り難い。こちらは別の連結部分から降りるだけのことだ。

　次の半マイルはトンネルがありませんようにと心のなかで強く願いながら立ち上がり、屋根の上をうしろへ六両ほど歩いてゆく。客車の屋根は真夜中の散歩向きには作られていない。そうなっていると考える人間がいるならば、一度試してみろといいたい。

　上下左右に激しく揺れる客車の屋根の上を歩いてみればいい。屋根の上では、暗い空中以外につかまるものなどない。そして、カーヴになっている屋根の端に来たらまたひと苦労だ。そこは露で濡れてすべりやすくなっている。次の車両に飛び移るには、そのすべりやすいところでスピードをあげなければならない。しかも飛び移ろうとしているところがまた、カーヴを描いている。そこも濡れてすべりやすくなっている。一度これを経験したら自分の心臓がいかに弱いか、いかに頭がくらくらしやすいかわかるだろう。

　次の駅に近づいて列車がスピードを落とすと、乗ったところから六両分うしろの連結台に降りる。そこには誰もいない。列車がとまると私はそっと地面に降りる。

前方、私と機関車のあいだにランプが二つ動いているのが見える。制動手(シャック)が屋根の上の私を捜しているのだ。私は立っているそばの車両が〝四輪車〟[*15]なのに気づく――つまり、各台車に車輪が四つしか付いていない貨車だ（貨車の下の鉄の軸(ロッド)の上に乗るときは、〝六輪車〟[*16]を避けるように注意しなければならない――惨事をひきおこす）。

私はその車両の下にもぐり、鉄棒の方へ進む。列車がとまっているのは正直なところ有り難い。カナダ太平洋鉄道の車両の下にもぐりこむのははじめてで、下の内部がどうなっているかわからないからだ。車輪を取り付けた台車の上、つまり台車と車両底部のあいだのすきまを這(は)って進む。しかし身体をこじいれるだけの空間がない。こういう構造は私にははじめてだ。

アメリカでは猛スピードで走る列車の下を進んでいくのには慣れている。腕木棒(ガンネル)をつかみ、足を下に振り動かしてブレーキの梁(ビーム)[*17]に届かせる。そこから台車のいちばん上を這っていき、台車のなかへと入り込み、交差棒(クロス・ロッド)[*18]の上に座る。

両手で暗闇をさぐっているうちに、ブレーキの梁(ビーム)と地面のあいだにすきまがあるのに気づく。かなり窮屈だ。身体を平たくして、這って進まなければならない。ようやく台車のなかにもぐり込むと私は鉄の軸(ロッド)の上に座って、いまごろ連中は私がどこに行ったか当惑しているのだろうと思う。列車が動きはじめる。とうとう連中は私のことをあきらめた。

しかし、本当にそうか？　次の駅で、ランプが隣りの車両に突っ込まれ、私のいる台車の方に光が向けられる。連中は鉄の軸（ロッド）のところを探して私を見つけ出そうとしている。すぐに逃げなければならない。腹ばいになってブレーキの梁（ビーム）の下を進む。連中は私を見つけて走ってくるが、私は四つんばいになってレールを横切り、連中と反対側に出る。

そして立ち上がると列車の先頭に向かって走り出す。機関車を走り過ぎ、安全な暗闇のなかに身を隠す。いつもと同じ状況だ。私は列車より先にいる。列車は必ず私の前を通らなければならない。

＊15　二軸車という。二軸車は、車軸が二つあるもので、車輪は四個になる。台枠の上の貨車とは、板状のバネを重ねて台枠とリンクで結んで、衝撃や動揺を弱める。

＊16　三軸車という。三つ車軸があることから、車輪は六つになる。なお、ボギー車といわれる貨車・客車では、台車二つの上にひとつの車両を置き、台車は車体の向きに関係なく自由に旋回できる仕組みになっている。

＊17　船の肋材（ろくざい）、家の根太（ねだ）などをビームというが、鉄道では貨車の台車で横に差し渡されている鋼材のことを、一般にビームと呼んでいる。

＊18　貨車の台車の横梁（よこはり）。作者は「クロス・ロッド」と呼んでいるが、鉄道用語では一般に「クロス・ビーム」を用いるようである。

列車が動き出す。最初のブラインド車にランプが見える。私は腰を低くする。目を光らせている制動手が通過してゆく。二番目のブラインド車にもランプが見える。そいつが私を発見し、前にいる制動手を呼ぶ。二人とも飛び降りる。

気にすることはない。私は三番目のブラインド車の連結台に乗り、そこから屋根にのぼろうとする。しかし、いけない、そこにもランプが見える。車掌だ。私はそれをやり過ごす。

ともかく私の前にはいまや乗務員全員が立ちはだかっている。向きを変え、列車とは逆の方向に走り出す。肩越しに振り返ると三つのランプがすべて地面に降り、揺れながら追ってくる。私は全速力で走る。列車の半分はもう走り過ぎている。飛び乗ったときにはかなりスピードをあげている。

二人の制動手と車掌がすぐに、がつがつと獲物を食う狼（おおかみ）のように私のところに来るのはわかっている。私はハンドブレーキのハンドルの上に飛び乗り、両手で屋根の端のカーヴになっているところをつかむと、自分の身体を屋根に持ち上げる。

間一髪、私を捕らえそこなった追っ手が、猫に木の上に逃げられた犬のように、連結台にむらがり、呪いの言葉をまきちらし、私の先祖を口汚くののしっている。

しかし、連中の悪口雑言など屁でもない。こちらはひとり。向うは機関士と助手を入れて五人もいる。おまけに法律という法律、大会社がうしろに控えている。それでいて私はやつらをやっつけているのだ。

最高の飛び乗り

列車のはるかうしろのほうに来てしまったので、客車の屋根の上を走って前へ進んでゆく。機関車から五、六両目の連結台の上に来たとき、注意しながら下をのぞいてみる。制動手が一人、連結台の上にいる。そいつは私に気がつく。さっと車両のなかに姿を隠したのですぐにわかる。

ドアの内側に隠れていて、私が降りてきたら飛びかかってやろうと思っているのだ。私は、彼がそこにいるのに気づいていないふりをする。そのまま逃げずに屋根の上にいて彼の思い違いに手をかしてやる。彼の姿は見えないが、いずれドアを開けて私がまだ上にいるかどうか確かめようとするのはわかっている。

駅に近づいたので列車がスピードを落とす。私はためしに両足をぶらぶらさせる。列車がとまる。足をまだぶらぶらさせる。ドアの掛け金がそっとはずされる音が聞こえる。私が降りてくるのを待ちかまえているわけだ。

突然私ははね起きると屋根の上を前方へ走る。ちょうど彼が待ち伏せをしている頭の上だ。列車はとまっている。夜は静まりかえっている。私はわざと足で金属の屋根を踏みならし騒音をたててやる。はっきりはわからないが、彼はおそらく次の連結台で私が降りるところを捕まえようと、大急ぎで車内を前方へと走っているだろう。しかし私はそこでは降りない。

客室の屋根の半分ほどのところで、向きを変える。いまきた道を静かに、大急ぎで走り、たったいま制動手と私が離れたばかりの連結台に戻る。邪魔する者は誰もいない。私は列車の右側の地面に降り、暗闇のなかに身を隠す。誰にも見られない。線路脇の柵のところへ行き、様子をうかがう。あれはなんだ？　列車の屋根の上にランプがひとつ見える。前からうしろに移動している。

私がまだ降りていないと思って、屋根の上を捜しているのだ。さらにいいことには、列車の両側の地面の上を二つのランプが、屋根の上のランプと並んで動いている。兎狩りの要領だ。私が兎というわけだ。屋根の上の制動手が私を追い立てて、両側にいるやつが私を捕まえる。

私はタバコを巻いて連中が通り過ぎるのを見物する。いったん通り過ぎてしまえばあとは安心して列車の前方まで行くことが出来る。列車が走り出す。私は誰にも妨害されずに一番前のブラインド車の連結台に乗り込む。しかし列車が速度をあげないうち、ちょうどタバコに火をつけようとしたとき、私は機関士が石炭の山を越え、炭水車のうしろにやってきて私を見下ろしているのに気がつく。

不安でいっぱいになる。この男の位置なら大量の石炭を投げつけて、私をぺちゃんこにすることが出来る。しかし、彼はそうはせずに私に声を掛けてきた。その声には、お前なかなかやるなという気持が感じられて、私はほっとした。

　彼はこういったのだ。「おい、お前（サン・オブ・ア・ガン）」。

　これは最高の褒め言葉だ。私は学校の生徒がいい成績をとってほうびをもらったときのように興奮する。

「ねえ」上にいる彼にいう。「頼むからもうホースで水をかけないでくれよ」

「わかった」と彼は答え、仕事に戻る。

　これで機関士とは友達になれた。しかし制動手たちはまだ私のことを捜している。次の駅で彼らは三台のブラインド車に乗り込む。私は前のように彼らをやり過ごし、列車の真ん中あたりの屋根に乗る。乗務員はやる気を出し、列車がとまる。

　制動手たちは私を列車から放り出そうとしている。あるいは捕まえられない理由を知ろうとしている。その駅で、この大きな大陸横断列車は私ひとりのために三度もとまる。そのたびに私は制動手の手から逃れて、屋根にのぼる。しかし、次第に先の見込みがなくなってくる。連中がついに私のやり方を理解してきたからだ。いままでのやり方では私を捕まえることは出来ない。他の方法を考えなければならない。

　そして連中はそれを考え出した。三度目に列車がとまったとき、彼らは大急ぎで私を追いかけてくる。私には彼らのやり方がわかる。まずはじめ彼らは私を列車のうしろに追いつめる。そうなると私にはまずいことになる。うしろに行ってしまうと、列車が走り出したときに置き去りにされる。私は身をかわし、ねじり、向きを変え、追っ手をよけ、なんとか列車の前に出る。それでも一人の制動手（シャック）がしつこく追ってくる。よし、それならうんと走らせてやろう。こちらの調子はいい。私は線路脇をまっすぐに前に向かって走る。気にすることはない。彼がどこまで追いかけるつもりかは知らないが、最後は列車に乗らなければならない。

彼のスピードなら私も充分にそれに合わせて列車に飛び乗ることが出来る。

そこで私は走り続ける。彼との距離を楽に保っておく。走りながら暗闇のなかで、家畜が逃げないように掘られた溝やポイントに気をつける。うっかりすると大変なことになってしまう。しまった！　遠くのほうにばかり気をとられていたので、すぐ足もとのものにつまずいてしまった。何だかはわからない。何か小さいものだ。私はしばらくよたよたして地面に倒れてしまう。すぐに立ち上がるが、制動手が私の襟首（えりくび）をつかんでいる。

じたばたしても仕方ない。私は忙しく深呼吸したり、男を観察したりする。男は肩幅が狭い。体重は私のほうが少なくとも三十ポンドは重い。そのうえ彼は私と同じように疲れ切っている。もし私のことを殴ったら、たっぷりお返しをしてやる。

しかし彼は殴ろうとはしない。この問題は解決だ。そのかわりに彼は私を列車のうしろの方へ連れていこうとする。そこで別の問題が起こる。車掌ともう一人の制動手のランプが見える。われわれは彼らの方へ近づいていく。私にはニューヨーク警察に知り合いがいないではない。放浪者が乗る有蓋貨車（ボックス・カー）のなかや線路沿いの水槽のそば、そして刑務所の房のなかで、血なまぐさい暴力行為が行なわれていることを聞いていないではない。もしこの三人が私に暴力を加えようとしたら？

たしかに私は連中を充分に怒らせてしまった。私は素早く何か手がないか考える。われわれはどんどん他の二人の乗務員に近づいている。

私は私を捕まえている男の腹とあごに狙いをつける。面倒なことが起こりそうになったらすぐにそこに左右のパンチを入れてやろうと考える。

ちぇっ！　こいつをやっつける他の手があった。捕まったときにその手を使えばよかった。私の襟首をつかんでいるのを利用してこいつを気分悪くすることができるのだ。固く握りしめられた指が、私の襟首にくい込んでいる。上着にはしっかりボタンがかかっている。

止血帯[*19]を見たことがあるだろうか？　そう、あれと同じ理屈だ。私はやつの腕の下で

＊19　幅の広い布を傷口に二回以上巻きつけて結び、結び目に棒を差し込んで止血するまで棒を時計方向にねじるという止血方法。出血が激しい場合などに行われる最終的な手段。

頭をひょいと下げ、身体をねじるだけでいい。ただ身体をねじるのは素早くしなければならない――非常に速くだ。どうやるかはわかっている。激しく、引っぱるように身体をねじり、回転のたびにやつの腕の下で頭をひょいと下げる。

　彼が気がついたときには、襟首をつかまえているはずの指が逆に襟首につかまっている。もう引き抜くことは出来ない。私が身体をねじりはじめてから二十秒もすれば、彼の指先から血が噴き出し、か弱い腱（けん）が裂け、すべての筋肉と神経がいっせいに叫び声をあげ、ぐしゃぐしゃにつぶれてしまうだろう。

　いつか誰かに襟首をつかまれたら、この方法を試してみるといい。ただし、素早く、稲妻のように素早くやらないといけない。さらに、身体をかかえこむのを忘れてはならない。左腕で頭を、右腕で腹を守る。というのは、相手は自由なほうの腕からパンチを繰り出して、私の動きをとめようとするかもしれないから。まともにパンチを受けるより、腕で守ったほうがましだろう。

　その制動手（シャック）は、自分がどれほど危険な立場にいるか、まったくわかっていない。ただ彼らが私に暴力を振るう考えはないようなので、私もこの手は使わない。われわれがあとの二人のすぐ近くまでくると、彼はこいつを捕まえたと大声でいう。それを聞いて彼らは列車に発車するように合図する。機関車と三両のブラインド車が私たちのところを通過する。そのあと車掌ともう一人の制動手が列車に飛び乗る。しかし私を捕まえたやつはまだ私を放そうとしない。やつの考えがわかる。列車の最後尾が通り過ぎるまで私を捕まえているつもりなのだ。そのあと自分だけ列車に飛び乗る。私は置き去りにされる――つまり列車から放り出されるというわけだ。

しかし、列車はスピードを出している。機関士が遅れを取り戻そうとしているのだ。しかも長い列車だ。列車はどんどんスピードをあげる。制動手が不安そうにスピードをはかっているのがわかる。

「乗れると思うか？」と私は無邪気に聞く。

彼は私の襟首をはなすと、急いで走り出し、列車に飛び乗る。

まだ通り過ぎていない客車が何両もある。彼はそれを知っているからステップのところに立って、頭を外に突き出し、私がどうするか見守っている。そのとき私は次の手を思いつく。最後尾の連結台に乗ってやろう。たしかに列車はどんどんスピードをあげている。しかし失敗しても地面にころがるだけのことだ。こちらには若さに特有の楽天主義がある。

私は列車に飛び乗ってやろうという考えを表に出さないようにする。もう列車に乗るのはあきらめたと制動手に思わせるように、肩を落とし、うなだれて立っている。しかし同時に私は足で飛び乗るにはいい砂利の上にいるのを感じる。足場としては完璧だ。さらに私は制動手の突き出た頭にも目をくばっている。その頭がひっこんだ。やつは、このスピードならもう私が飛び乗ることは不可能だと確信したのだろう。

列車はスピードをあげている。これまで飛び乗りを試みたどの列車よりも速い。最後尾の客車が近づいたとき、私は列車と同じ方向に全力疾走する。速くて短い疾走だ。

むろん、列車と同じスピードを出せるとは思っていないが、スピードの差を最小限にまで縮め、飛び乗ったときの衝撃を和らげることは出来る。流れゆく一瞬の暗闇のなかでは、最後尾の連結台の鉄の取っ手は見えないし、どこについているか確かめる余裕もない。たぶんこのあたりだろうと思って手を伸ばす。同時に足が地面を離れる。身体が宙に浮く。

次の瞬間、私は地面にころがり、あばら骨か腕か頭かが砕けてしまうかもしれない。しかし私の指はしっかりと取っ手をつかんでいる。両腕が引っぱられ、かすかに身体がゆれ、次の瞬間に私の足は激しくステップに着地する。

私はそこに座る。自分が誇らしく感じられる。これまでのホーボー生活のなかで最高の飛び乗りだ。

夜遅くだと最後尾の連結台に乗っていれば数駅間は安全だとはわかっている。しかし、列車の尻に乗っているのはさえない話だ。そこで最初の駅で私は列車の右側に降り前方へ走る。プルマン客車[*20]を通り過ぎたところで、身をかがめて普通車の鉄の軸（ロッド）の上にもぐりこむ。次の駅でさらに前に進み、別の鉄の軸（ロッド）の上にもぐりこむ。

こうなればもう安全だ。制動手（シャック）は私が列車から放り出されたと思っている。

しかし、長い一日だったたし、夜じゅう精力的に動きまわったので疲れが出てきた。それに客車の下は風もないし寒くもない。私はうとうとしはじめる。これは決してやってはいけないことだ。鉄の軸（ロッド）にもぐりこんで眠るのは死を意味する。

そこで私はある駅で下から這い出し、二番目のブラインド車へと進む。その連結台の上でなら横になって眠ることが出来る。実際、眠ってしまう——どれだけ眠ったかはわからない——気がつくとランプが私の顔に向けられている。制動手が二人、私を見つめている。私は、二人のうちどちらが自分に最初の〝ちょっかい〟を出すだろうと考えながら、身を守ろうとよろよろと立ち上がる。しかし彼らは暴力を振るう気はまったくない。

「とっくに放り出されたと思ったよ」私の襟首をつかまえた制動手がいう。

「捕まえたときに放り出さなかったら、あんただっておれといっしょに列車に乗り損な

＊20　ジョージ・M・プルマン（一八三一～九七）が創設したプルマン社が製造した、アメリカを代表する客車。「プルマン・カー」と呼ばれる。「プルマン」の名は長く豪華列車の代名詞として使われた。

ったろうさ」私は答える。

「どうやって？」と彼が聞く。

「おれはあんたと取っ組みあう。そうすりゃ乗り損なうじゃないか」

彼らは相談する。その結果が告げられる——。

「よし、お前はこの列車に乗っていい。お前を追い出そうとするのは無駄だからな」

そして彼らは行ってしまう。これで私は彼らの管轄管区にいるあいだは安全だ。

以上、私はどうやって〝ただ乗り〟するかの例を話してきた。

もちろんさまざまな経験のなかから幸運な夜のことを選んだのであって、ちょっとしたことから失敗して放り出された夜——それは実に多い——のことは何もいっていない。

最後に、彼らの管轄管区の終点に着いたときに起きたことを話しておきたい。大陸横断鉄道の単線では、ふつう貨物列車は管区で待機していて、旅客列車が通り過ぎたあとに出発する。

管区に着くと私は乗ってきた列車を降り、その列車のあとに出発する貨物列車を探した。ちょうど引き込み線にいて待機している貨物列車があった。私は石炭を半分ほど積んだ有蓋（ゆうがい）貨車にもぐり込み、横になるとすぐに眠ってしまった。

ドアが開く音で目が覚めた。夜が明けてきたところで、あたりは冷たく灰色だった。貨物列車はまだ出発していなかった。〝車掌（コン）〟がドアから首を突っ込んでいた。

「出て行け、この野郎！」彼は私をどなりつけた。

私は立ち上がり外に出た。見ると彼は線路沿いにうしろへ歩きながら全車両を点検している。

彼の姿が見えなくなるとこう考えた。あいつは、私が一度叩き出された車両にまた乗り込む勇気など持っていないと思っているだろう。そこで私はまたその貨車に乗り込んで横になった。

この車掌は私と同じことを考えているに違いない。彼は私の行動を読み取ったのだ。事実、彼は戻ってきてまた私を放り出した。

私がもう一回同じことをやるとはいくら彼でも思わないだろうと私は考えた。

そこで私はもう一度同じ貨車に乗り込んだ。しかしこんどは安全を期した。この貨車は片方のドアだけが開くようになる。もう一方のドアは釘づけになっている。私はそのドアの横の石炭の山のなかに穴を掘り、そのなかに隠れた。ドアが開く音がした。車掌はなんと石炭の山にのぼってきて、山の上から穴のなかをのぞきこんだ。彼には私は見えなかったが、出て行けと叫んだ。

私はじっとして、いないふりをした。しかし彼が穴のなかにいる私の頭の上に石炭のかたまりを投げ込んで来たので、ついにあきらめ、三度目の追い出しをくらった。そのうえ彼は、穏やかな口調だったが、もう一度捕まえたらこんどはどうなるか警告した。

私は作戦を変えた。私と同じことを考える人間と戦うには、その男のことを忘れてしまうことだ。突然自分の理性の回路を切ってしまい、新しい回路をつなぐことだ。

私はそうした。隣りの引き込み線にとまっていた車両のあいだに隠れて様子をうかがった。思ったとおり、車掌はまたさっきの貨車に戻ってきた。ドアを開け、貨車に乗り込み、大声でどなり、私が掘った穴に石炭を投げ込んだ。

さらに石炭の山によじのぼり、穴のなかをのぞきこんだ。私がいないのがわかって彼は安心した。

五分後に、貨物列車は出発した。彼の姿はもう見えない。私は貨車と並行して走り、ドアを開け、なかに乗り込んだ。車掌はもう私を捜さなかった。

私はその石炭車で正確に千二十二マイル（約千六百四十四・八キロ）旅した。大半は眠り、管区（そこで列車は必ず一時間かそこら停車する）に着くたびに降りて、食べものをもらいにいった。そして千二十二マイル乗ったところで私はその貨物列車に乗り損なった。幸運に出会ったからだ。〝食卓での食事〟に招かれたのだ。どんな放浪者だってこれにありつけるとわかったら列車になんて乗っていられない。

3　鞭打ちの光景

「地上のいろいろのことが見られるのならどこでどう死のうがかまわない」
——最高の放浪者による六行六連体の詩*1

私の仲間〝マッシャー〟

放浪生活のいちばんの魅力は、おそらく単調さがないことだろう。ホーボーの世界ではその生活はさまざまな顔を持っている——それはつねに変わり続けている走馬灯(そうまとう)のようなものだ。

そこではあり得ないことが起こり、道路の曲がり角ごとで草むらから思いもかけないことが飛び出してくる。ホーボーには次の瞬間何が起こるかわからない。だから彼は現

＊1　連とはスタンザ（詩節）のこと。六行でひとつ詩節をつくり、この詩節を六つ連ねてひとつの詩を構成する形式の詩。

在だけを生きている。目的に向かって努力しても空しいことを彼は経験から学んでいる。そして運命の気まぐれにまかせて放浪する喜びを知っている。

　私はよく自分の放浪時代のことを考えるが、そのときどきの光景が記憶のなかにフラッシュのようにたちどころによみがえってくるのにはいつも自分ながら驚いてしまう。考えはじめの場所がどこかは重要ではない。放浪時代の一日はどんな一日でも特別で、そこには次々に変化していく光景がおさめられている。

　たとえば、私はペンシルヴェニア州ハリスバーグ[*2]でのある夏の晴れた朝のことを覚えているが、あの日のことを思い浮かべるとすぐにあらわれる光景は、幸先の良い一日の始まりのことだ。――私は二人の未婚女性に〝食卓での食事〟に招かれたのだ。それも台所ではなく、食堂でだ。しかも、彼女たちは私とテーブルを共にしてくれた。私たちは、ゆで卵を食べた。それも卵立てで！　卵立てなんて見るのも聞くのもはじめてだった。正直なところ最初はうまく食べられなかった。しかし腹が減っていたし、恥ずかしいとも思わなかったので、すぐに卵立てを扱いこなし、二人の未婚女性が驚くほどうまく卵を食べた。

　彼女たちはまるでカナリアのようだった。それぞれ卵一個だけを軽くつつき、ウェハースみたいに小さなトーストを少しかじるだけなのだ。体内の生命力が弱く、血も薄いのだろう。二人は夜じゅう身体を暖かくして眠る。

私のほうは、ひと晩じゅう外にいて、身体を暖かくするために全精力を使い切って、州北部のエンポリアム[*3]という町から、ただ乗りをしてきたところだった。ウェハースみたいなトースト！　なんとお上品な！　しかしそんなトーストは私にはひとくち、いや、ひとかじりでしかなかった。いくらでもかじることができるのに、ひとかじりするたびにまた別のトーストに手を伸ばさなければならないのはうんざりだった。

子どものころ私はパンチという名の小さな犬を飼っていた。自分でえさをやった。ある日、家の人間が鴨をたくさん撃ってきて、その日の食事はご馳走になったことがあった。食べ終わると私はパンチの食事を用意した――大きな皿に骨やいろいろおいしいもの、それを持って外へ出た。

そのとき、たまたま近所の農園からお客が馬でやってきた。子牛のように大きなニューファウンドランド犬[*4]がいっしょだった。私は皿を地面に置いた。

＊2　一八一二年にペンシルヴェニア州の州都になり、運河・鉄道交通の中心として発展した。

＊3　ペンシルヴェニア州北部のアレゲイニー台地は、一八五九年にアメリカで初めて石油が掘り出された地帯。エンポリアムに近いタイタスヴィルは名前もオイルシティに変えて、その中心になっていた。この石油を運搬するために多くの鉄道が敷かれ、ペンシルヴェニア州のエリーからコリーを経由してハリスバーグに通じるフィラデルフィア&エリー鉄道がエンポリアムを走っていた。

パンチは尾を振って食べはじめた。犬はこれから少なくとも三十分は食事を楽しめるはずだった。そこへ突然大きな犬が突進してきた。パンチは大竜巻に巻き込まれた一本の麦わらのようにわきにどかされた。そして大きなニューファウンドランド犬が皿をひったくってしまった。彼は大きな胃を持っているにもかかわらず、早く食べるように訓練されていたに違いない。というのは私が彼のあばら骨のところを蹴ろうとする暇もなく、あっというまに皿の中身をのみこんでしまったのだ。きれいに平らげてしまった。最後に名残惜しそうに脂の汚れまでなめてしまった。

あの大きなニューファウンドランド犬がパンチの皿にしたのと同じことを、私はハリスバーグの二人の未婚女性のテーブルでした。

出されたものをみんな食べてしまったのだ。私は皿など壊すことなく、卵とトーストとコーヒーをきれいに平らげた。メイドがおかわりを持ってきたが一度ではすまなかった。彼女は次々におかわりを持ってきてくれた。コーヒーは素晴らしかったが、もっと大きなカップのほうがよかった。小さなカップだと何杯もおかわりしなければならないので、食べる時間が少なくなってしまうのだ。

しかし、コーヒーのおかわりを待つあいだ喋る時間が出来た。

ピンクの頬にグレイの巻き毛の二人の未婚女性はこれまで冒険の楽しさを聞いたことがなかった。彼女たちは〝最高の放浪者〟がいう〝変わりばえのしない毎日〟を送っていた。彼女たちの甘い香りのする狭い、変化のない世界のなかに、私は汗と闘いの強烈な匂いと、見知らぬ土地の刺激的な匂いを含んだ、外の世界の自由な空気を吹き込んだのだ。彼女たちの柔らかい手のひらを私の手のひらに出来たたこ——それは、ロープ仕事や、長い時間シャベルの柄を握りしめる力仕事で出来た厚さ半インチの牛の角みたいなたこだ——でひっかいてみせたわけだ。そんなことをしたのは単に若さの無鉄砲さからではなく、彼女たちの好意に対して私のほうも、なんとかただの物乞いではないと示そうとしたためであった。

いまでも私は十二年前のあの朝食のテーブルの様子を思い出すことが出来る。私は、大胆な若者らしく彼女たちの親切な助言など払いのけて、どんなふうに世間を歩いてきたかを語った。そして、自分の冒険談だけでなく、旅の途中で知り合い、秘密を共にした他の放浪者の冒険談をないまぜて、彼女たちを興奮させた。私は他人の冒険談も自分のことのように話した。

もし彼女たちがもっと人を信用しない、素直でない人間たちだったら、私の話が時間的にでたらめなことを批判したことだろう。しかし、それがどうだというのだ。それは

＊4　カナダ東海岸の大きな島ニューファウンドランドが原産の犬で、セントバーナード犬くらいに大きくて強く、密生して生える黒い毛は滑らか。

公平な取引だった。彼女たちが私にくれたコーヒー、卵、トーストに対して私は相当なお礼をしたのだ。私は彼女たちを楽しませた。私が彼女たちのテーブルについたことが彼女たちにとっては冒険だった。そして冒険というものは値(ね)がつけられないくらい貴重なものなのだ。

彼女たちと別れ、通りに出ると私は朝寝坊の家の戸口から新聞を盗み、公園の草原(くさはら)に横になってこの二十四時間の出来事を読んだ。公園で仲間の放浪者に会った。

彼は、自分の人生を語り、合衆国軍隊に入隊するようにすすめ、私とそのことでやりあった。彼は徴兵事務官の誘いに応じ、陸軍に入隊しようとするところだった。そしてどうして私も入隊しないのかわからないといった。彼は数か月前に行なわれたワシントンへのデモ行進のときに、コクシー隊[*5]の一人として行進に参加していた。そのときの経験で軍隊生活が気に入ったようだった。それなら、私だって元兵士といってよかった。なぜなら私もあのデモ行進のとき、ケリー産業軍第二師団L歩兵中隊の一兵士だったのだから――L歩兵中隊は〝ネヴァダ隊〟として知られていた。しかし、私はその軍隊生活で彼とは正反対の影響を受けていた。だからそのホーボーが戦争に行くのなら勝手にするがいいと別れて、私は私で食事の〝物乞い〟をした。

その仕事が終わると、サスケハナ川[*6]に架かる橋を西岸に向かって歩きはじめた。川に沿って走る鉄道の名前は忘れていたが、その朝、草原に横になっているとき、ボルティモアに行ってみようと思いついていた。そこで名前はわからないが、ともかくその鉄道[*7]に乗ってボルティモアに行くことにした。

暖かい午後だった。橋の途中まで来たとき、桟橋の先で多くの放浪者たちが泳いでいるのに気がついた。私も服を脱ぐと川に飛び込んだ。水は気持ちよかった。しかし水からあがって服を着たとき、ポケットの中身を盗まれたことに気づいた。誰かが私の服を

＊5　ジェイコブ・S・コクシー（一八五四～一九五一）はペンシルヴェニア出身で、オハイオ州マシロンで採石場と農場を経営していた。彼は不況によって生じた失業者の救済を政府に請願するために、マシロンからワシントンまで「軍」として組織した失業者を行進させようと計画、一八九四年三月二十五日の復活祭の日に出発した。当初は数百人程度だったが、各地から失業者の群れが参加し、一時は数万人まで膨れ上がった。後出のケリー産業軍もその一部。そして五月一日、コクシー隊のうちの数百人がワシントンに到着し議事堂に向かったが、指導者たちは逮捕され、軍は解散させられた。この行進は、同じ九四年のプルマン・ストとともに、十九世紀末を彩るアメリカ労働者運動として、歴史に残されている。

＊6　ニューヨーク州中部に発し、アパラチア山脈を横断しながらペンシルヴェニア州を南下し、メリーランド州でチェサピーク湾に注ぐ川。

＊7　メリーランド州にある、一七二九年に建設された古い都市。鉄道開設の初期の一八三〇年に、ボルティモアとアメリカ中部の穀倉地帯のオハイオ州とを結ぶボルティモア＆オハイオ鉄道の最初の区間が開業し、商工業都市として発展した。

さぐったのだ。

盗みにあうことが一日の大事件かどうかは人によって違う。私の知っている何人かの男たちは盗みにあって、そのことをいつまでもしつこくいっていた。

しかし、私の服のなかを探したやつはたいしたものを手に入れたわけではない——ニッケル（五セント白銅貨）とペニー（一セント銅貨）で三、四十セントほどとタバコと巻き紙——私はそれしか持っていなかったのだから。普通の人間は大事なものは家に置いているから盗まれても被害は少ない。しかし、私は家がないからそれが全財産だった。その川で泳いでいたのはかなり乱暴な連中だった。

私はすぐに彼らがどういう人間か見てとり、泣きごとをいっても仕方ないと判断した。そこで彼らに〝タバコと紙〟を恵んでくれといった。思ったとおり彼らがくれた紙は、私がタバコを巻くのに使っていた紙と同じものだった。

それから私は橋を渡って西岸に行った。私が乗る鉄道はそこを走っている。どこにも駅が見つからなかった。駅まで歩かずにどうやって貨物列車に乗るかが問題だ。私は線路が急勾配になっているのに気づいた。

列車はそこでスピードを落とす。何両連結もの貨車はそこを速くは走れない。しかしどのくらいのスピードだろう？　線路の向こうは高い土手になっていて、その上で、男の頭が草原からのぞいていた。たぶんあの男なら貨車がこの勾配でどのくらいのスピードになるか、次の南行きはいつ来るか知っているだろう。私は大声で彼に質問してみた。するとと彼は自分の方に来るように身ぶりでいった。

私はいわれるとおりにした。土手の上に着いてみると草原には他に四人の男が横になっていた。彼らの様子から判断して何者かがわかった――アメリカン・ジプシー[*8]だった。ボロを着た、裸に近い子どもたちがキャンプのまわりに群がっている。しかし、よく見ると土手の端から木立のあいだに広がる空き地に得体の知れない馬車が何台かあった。彼らは大人たちには近づかないように、大人の邪魔をしないように気をくばっている。

さらに、やせた、醜い、生活に疲れた女たちが何人かキャンプのまわりで雑用をしていた。よく見るとそのなかの一人が、幌馬車の椅子にひとりで座っている。頭を前に垂れ、あごを両膝にのせ、両腕で力なく膝をかかえている。幸福そうには見えない。何にも関心がないようだ――いや、この点で私は間違っていた。というのはあとで、彼女には心に気にかけていることがあるとわかったからだ。人間の苦しみがすべて彼女の顔にあらわれていた。

それに加えて、これ以上の悲しみにはもう耐えられないという悲劇的な表情がうかが

＊8　アメリカ国内のロマ人を指している。前述の通り「ジプシー」は現在では差別的と考えられる言葉だが、時代的背景を考慮し、また言い換えることが難しいためそのままとした。

えた。彼女の顔には、もうこれ以上傷つけられることはないという極限の悲しみが見られた。しかし、この点でも私は間違っていた。

私は土手の草原に横になって男たちと話した。私たちは同じ仲間——兄弟だった。私はアメリカのホーボーで、彼らはアメリカのジプシーだ。私には彼らの会話に使われる隠語がほとんどわかったし、彼らも私の隠語がわかった。彼らの仲間にさらに二人の男が加わった。二人とも河を越えたハリスバーグで〝マッシング（ペテン）〟の仕事をしていた。〝マッシャー（ペテン師）〟とは本来、旅の僧といった意味だ。この言葉はクロンダイク語[*9]の〝マッシャー〟と混同されることはないが、語源は同じようだ。つまりフランス語のマルション（歩く）から来た言葉で、行進する、歩く、そして〝ペテンをする〟という意味がある。その河を越えたところから来た二人の〝マッシャー〟の表向きの仕事は傘直しだが、その裏で何をしているのかは、私にはわからないし、あえて聞くわけにもいかなかった。

最高にいい日だった。風がそよとも吹かない。私たちは揺らめく日の光のなかでいい気分になった。あちこちから眠気を誘うような虫の音がする。あたりの空気にはかぐわしい大地の香りと、緑の草木の匂いがあふれている。

私たちはときどき思い出したようにぽつりぽつりと会話をする他は何もすることがなかった。そのとき突然、平和と静けさが破られた。

八歳か九歳くらいのはだしの少年二人が、何か小さなことでキャンプの掟(おきて)――それが何かは私にはわからない――を破ったのだ。そして、私のかたわらにいた男が立ち上がると少年たちに大声で何かいった。

彼は一族の長だった。額が狭く、目が細い。唇は薄く、冷笑的な、歪(ゆが)んだ顔をしている。その顔を見れば、なぜ少年たちが彼の声を聞いて、驚いた鹿のように跳び上がり、身体を硬くしたかがわかる。彼らの顔にはこれから起きる恐ろしいことに対する警戒心が見えた。

彼らはパニックにとらわれ、向きを変えると逃げ出した。一族の長は彼らに戻るようどなった。

それを聞いて少年の一人がいやいやスピードを落とした。そのやせた身体の動きを見ていると、少年の心が理性と恐怖のあいだを揺れているのがわかった。彼は戻りたがっていた。彼は自分の理性と過去の経験から、逃げるよりは戻ったほうが罰が少ないこと

＊9　クロンダイクは一八九六年に金が発見されてゴールド・ラッシュを起こしたカナダ北西部の地域。ジャック・ロンドンは文筆生活に入る前、このゴールド・ラッシュに金探鉱者とともに参加した。クロンダイク語とはそこで話されていた英語・仏語・先住民の言語などが入り交ざった言葉のことか。

がわかっていた。しかし少ないとはいえ罰は罰だ。その罰を考えると彼は恐怖で逃げ出したくなるようだった。

それでも彼は逃げるのをやめ、なんとか戻ろうと木の陰にたどり着き、そこで立ちどまった。一族の長は少年たちを追うことはしなかった。彼は幌馬車のところへゆっくりと歩いていくと、重い鞭を取り上げた。それから空き地の中央に戻り、そこにじっと立った。何もいわない。何の動きも見せない。彼こそが非情で全能の神なのだ。私にも、みんなにも、木の陰に隠れている二人の少年たちにも、これから彼が何をしようとしているかがわかった。

逃げるのをやめた少年がゆっくりと戻ってきた。顔には震えながらそれでもなお心を決めたという表情があらわれている。彼はたじろがなかった。罰を受ける決心をしていた。そしてここが大事なのだが、罰は彼が最初におかした罪に対してではなく、逃げたことに対してだった。この点ではどこの社会も同じだ。犯罪者は必ず罰せられる。そして逃亡した場合、連れ戻されさらに罰が加えられる。

少年はまっすぐに長のところへ近づいてきて、鞭が届くか届かないかの距離で立ちどまった。

鞭が空を切った。その一撃の重量感に私は驚いた。少年の細く小さな脚は痛々しいほどだった。真っ白な肌に鞭がしなり、くい込んだ。白い肌のあちこちに残忍な鞭のあとが出来、皮膚が破れ、赤い血がにじみ出た。また鞭がうなる。少年は打たれる前に早くも身をちぢませる。

しかしその場から逃げようとはしない。意志がしっかりしている。二度目の鞭がくい込む。さらに三度目が。四度目についに少年は悲鳴をあげる。もうじっと耐えることは出来ない。そのあとは、打たれるたびに悲鳴をあげながら苦しそうに跳びはねる。それでも逃げようとはしない。無意識のうちに跳びはねながら鞭の届かないところへ行っても、また元の位置に戻ってくる。そしてようやく鞭打ちが終わると——十二回の鞭打ち——、少年は、すすり泣き、悲鳴をあげながら、幌馬車のところに行った。

また人生の一日

一族の長は立ちはだかってもう一人の少年を待った。少年は木立のあいだから姿をあらわした。しかし彼はまっすぐには近づいてこない。怖くてすくんだ犬のような歩き方だ。パニックにとらわれていて、向きを変えて五、六歩跳び、離れてしまう。

しかしそのたびに彼は戻ってきて、すすり泣きしながら円を描くようにだんだん長に近づいてくる。喉（のど）から言葉にならない、動物の声のような音が聞こえてくる。よく見ていると少年は決して長のことを見ない。彼の目はしっかりと鞭に向けられている。その目には恐怖が浮かんでいて、私は思わず胸が痛くなる。思いもよらない虐待を受けた子どもが感じる狂ったような恐怖だ。

私はこれまで戦闘で屈強の男たちがあちこちで倒れ、死の苦しみに身もだえる姿を見てきた。何十人もの男たちが炸裂弾(さくれつだん)に吹き飛ばされ身体がばらばらになるのを見てきた。しかしそんなものは、この哀れな子どもを見て私が感じたことに比べれば、お祭り騒ぎか笑いか歌にしか思えなかった。

鞭打ちが始まった。これに比べれば最初の少年のものなど遊びだった。たちまち少年の細い小さな脚から血が流れ出た。彼は跳びまわり、悲鳴をあげ、苦痛に身体を二つに折り曲げた。ついには糸であやつられたグロテスクな人形のように見えた。「ように見えた」といっても、彼の叫び声を聞けば彼が人形などではなく生身の人間であることはすぐにわかった。

彼の叫び声は鋭く、耳に突きささるものだった。くぐもったところはなく、ただ中性的な子どもの声だった。ついに少年がこれ以上耐えられない時が来た。理性を失った少年は逃げようとする。しかし今度は長は彼を追いかけ、逃げないようにし、鞭を使いながらつねに空き地へと連れ戻す。

そのとき邪魔が入った。狂ったような、押し殺した声が聞こえた。幌馬車の椅子に座っていた女性が立ち上がり、鞭をとめようと走り出たのだ。彼女は長と少年のあいだに飛び出してきた。

「よし、わかった」「お前も打たれたいのか？」長は鞭を持っていった。彼女は長いスカートをはいていたので、彼は脚を狙わず、彼女に浴びせかけた。彼女は両手と腕で必死になって顔をかばい、首をやせた両肩にうめるようにした。彼女の顔を鞭打った。鞭は顔にあたらず、肩と腕にあたる。

なんと勇敢な母親だろう……彼女は覚悟を決めている。まだ泣き声をあげている少年は幌馬車のほうへ逃げていった。

そのあいだも四人の男たちは私の横で寝そべって様子を見ている。動こうとしない。私も動けない。恥を忍んでそういわざるを得ない。もちろん私の心は、立ち上がって鞭打ちをやめさせようと思うのだが、理性がそうはさせまいとする。

私にはこの世界がどういうものか、わかっている。サスケハナ川の土手で五人の男に殴り殺されることが、その女性にとっても私にとっても、何の役に立つのだろう？　以前、私は一人の男が縛り首にされるのを見たことがある。私は心のなかでは抗議の声をあげたが、実際には口には出来なかった。

もし声を出したら、拳銃の台尻で脳天をこなごなにされるのがおちだろう。なぜなら法でその男は縛り首と決まったのだから。それと同じで、いまこのジプシーたちの世界では、彼女が鞭で打たれるのは法で決められたことなのだ。

そうはいっても、どちらの場合も私は法に決められたことだとわかっていたから手出しをしなかったのではない。ただ法が私より強いとわかっていたから手が出せなかっただけのことだ。もし四人の男が草原にいなかったら、私は鞭を持った男のところへ行っただろう。そしてキャンプにいる女たちの手に握られたナイフか棍棒(こんぼう)で殴られるというハプニングがない限りは、私はきっと男を叩きのめしただろう。

しかし草原の四人の男は私から離れない。彼らの法は私よりも強い。ただ、私自身、苦しんだことは信じてほしい。これまで女性が殴られるのは何度も見てきた。しかしこれほどひどいのは見たことがない。服は肩のところがずたずたになっていた。

ガードしきれなかった一撃のために、頬からあごにかけて血だらけの鞭あとが出来ていた。一発、二発、十二発、二十四発、えんえんといつ終わるともわからず、鞭の先は彼女の身体を打ちすえ、まとわりついた。見ている私の身体から汗が噴き出てくる。呼吸が荒くなる。両手で草を強くつかんでいたが、ついに根もとから引き抜いてしまう。

そしてそのあいだずっと、私の理性は「ばか！ ばか！」とささやき続けている。顔に出来たあの鞭のあとを見て私はもう我慢出来なくなった。立ち上がろうとした。しかし隣りの男の手が肩に置かれ、私を押さえつけた。

「落ち着けよ、相棒、落ち着くんだ」彼は低い声で私に警告した。私は彼を見た。彼はじっと私の目を見た。大きな男で、肩幅が広く、筋肉は隆々としている。顔は生気がない。無気力で、怠惰な感じがする。やさしさが感じられはするが、情熱というものがない。まったく心を感じさせない――どこに心があるのかわからない、悪意があるわけではない、モラルとは関係がなく、牛のように鈍重で、そして頑固だ。彼は動物によく似ている。知性はわずかしか持っていない。ゴリラのような肉体的な強さと精神を持った、性格のいい野獣だ。

彼は手で強く私を押さえつけた。それだけで彼の筋肉がどれほど強いかがわかる。私は他の野獣たちに目をやった。二人は落ち着いて、周囲のことに無関心でいる。もう一人は鞭打ちを満足そうに見ている。私のなかで理性が戻ってきた。こんな連中が相手では勝てるはずがない。身体の力が抜け、私は草原に腰を下ろしてしまった。

私はその朝、朝食を共にした二人の未婚女性のことを思い出した。ここから彼らのところまで直線距離にして二マイルと離れていない。そよとの風もない、恵み深い太陽の下のこの草原では、彼女たちの姉妹といっていい同じ女性が、私と同類の男によって鞭打たれている。ここには彼女たちが決して見ることの出来ない人生の一頁（ページ）がある――この光景を見ない限り、彼女たちはジプシーの女性たちのことも、自分自身のことも理解出来ないし、自分がどんな粘土によって作られているかもわからないだろう。

というのも、甘い香りのする小さな部屋にいる恵まれた女性が、同時に世界中のか弱い女性に同情するなんて出来ないのだから。

鞭打ちが終わった。その女はもう叫び声を出すこともなく、幌馬車の椅子に戻った。他の女たちは彼女のところへ行こうとしなかった——そのときは。彼女たちは罰せられるのが怖かったのだ。しかし、一定の厳粛な時間が過ぎると女たちは彼女のところへやってきた。

一族の長は鞭を捨て、また私たちのところへ戻ってきた。私のかたわらに身を投げ出した。ひと仕事したので荒い息をしている。彼は上着の袖(そで)で目から汗をぬぐいとると、挑むように私を見た。私は気にしないで見返した。彼がやったことなんか自分には関係ないという顔をした。怒って立ち上がることもしなかった。

私はそこに半時間ほど横になっていた。こういう状況ではそうすることが、適切な判断であり礼儀でもあった。彼らからタバコをもらいそれを紙に巻いた。彼らと別れ、線路まで土手をすべり下りたときには、彼らから次の南行きの列車に飛び乗るのに必要な情報をぬかりなく聞き出していた。

で、私のどこが悪いのだ? ここで起きたことなど人生の一頁(ページ)でしかない。それだけのことだ。もっとひどいことが書かれた頁はいくらでもある。私が見たものよりもっとひどいことだ。

これまで私は何度もこんなことを口にしてきた(聞いた人間は冗談と思っただろうが)。

人間と他の動物のいちばん大きな違いは、人間は女性を虐待する唯一の動物であると。狼も臆病なコヨーテさえもそんなことはしない。人間に飼われて退化した犬でさえしない。犬はまだこの点では野性の本能を保持している。一方、人間は野性の本能を失ってしまった——少なくともそのいい部分を。

あの鞭打ちよりもっとひどい人生の一頁とは何か？　そんなものを探すのは簡単だ。合衆国における子どもの労働[*10]についての報告書を読んでみればいい——東部、西部、北部、南部、場所はどこでもいい——そうすれば、われわれ、利益を追求することしか考えていない人間は、あのサスケハナ川の草原で行なわれた妻への鞭打ちという一頁よりはるかにひどい頁の植字工であり印刷工であることがわかるだろう。

私は斜面を百ヤード（約九十一メートル）ほど下りてゆき、線路脇の足場がしっかりしているところへ行った。そこなら貨物列車がゆっくりと丘を上がってきたときに飛び乗ることが出来る。

＊10　十九世紀末、アメリカはイギリスをもしのぐ世界最大の工業国へと成長し、鉄道・鉄鋼・石油などで巨大な独占企業が出現した。これに伴って、南欧・東欧から大量の移民が流入し、都市ではスラムが発生した。こうした中で、黒人ばかりでなく白人の児童の過酷な労働が社会問題として登場、金持ちなどによる慈善事業の対象とされるようになった。

気がつくとそこにはすでに同じように列車に乗ろうとしているホーボーが六人ほどいた。何人かは使い古したトランプで〝セブン・アップ〟[*11]をしている。私も仲間に入った。黒人がトランプを切りはじめた。太った若い男で、顔が月のように丸い。いかにも人が好さそうな笑顔を浮かべている。身体じゅうから人の好さがにじみ出ている。最初のカードを私に配ったとき、彼は手をとめていった。

「坊や、前に会ったことあるかな？」

「あるさ」私は答えた。「ただ、あんたも着ている服が違ってたけどね」

彼は私がいったことがわからないようだった。

「バッファロー[*12]の町のこと覚えていないかい？」

私は聞いた。

それで彼は私のことを思い出し、大声で笑いながら私のことを親しく仲間と呼んだ。バッファローにいたとき、彼は少しのあいだエリー郡刑務所に入れられていた。そのときは縞の囚人服を着ていた。その点では私も同様で縞の服を着ていた。私も少しのあいだ、その刑務所にいたからだ。

トランプがはじまった。私はすぐに賭けのやり方を飲みこんだ。土手を河の方へ下りてゆく、急な細い道がある。その道は二十五フィート（約七・六メートル）ほど下の泉に通じている。トランプをしている場所は土手の上だ。

負けて〝かもられた〟男は小さなコンデンス・ミルクの缶を持って、土手から泉へ下りてゆき、勝った人間たちのために水を運んでこなければならないというのが決まりだった。

ゲームがはじまり、最初に黒人が負けた。彼は小さなミルクの缶を持つと土手を下りていった。そのあいだ私たちは土手の上に座って彼をからかった。そのために黒人は私ひとりのためだけにも四往復しなければならなかった。

他の連中も同じように何杯も飲んだ。泉への道は急で、黒人は何度か上がってくる途中ですべって、水をこぼした。そのたびにまた水を汲みに戻らなければならない。それでも彼は決して怒ったりしない。みんなと同じように陽気に笑っている。笑いすぎたために何度もすべってしまう破目になる。また彼は私たちに、なあにこんど誰か他のやつが負けたら俺がたらふく水を飲んでやると平然としている。

＊11　四人程度が六枚の手札で得点を競い、七点を取った者が勝ちとなるゲーム。イギリスのオール・フォーズがアメリカで改良されたもの。

＊12　エリー湖東岸にあるニューヨーク州北西部の町。一八〇三年にジョセフ・エリコットが建設、一八二五年にハドソン川とエリー湖とを結ぶエリー運河が完成し、ニューヨーク・セントラル鉄道も乗り入れて発展した。北北西二十五kmのところにナイアガラ瀑布があり観光でも栄える。

喉のかわきがようやくおさまるとゲームが再開される。また黒人が負け、また私たちは水をがぶ飲みする。三度目も四度目も同じ結果になる。そのたびに丸顔の人の好い黒人は、運命のめぐりあわせの悪さを認めて死ぬほど笑いころげる。

私たちのほうも運の良さに死ぬほど笑ってしまう。私たちはまるで無邪気な子どもか神のように土手の上で笑いころげる。ついには自分の頭が落っこちてしまいそうに感じる。私はミルク缶から何杯も水を飲んだ。最後には身体じゅう水びたしのように感じた。こんなに水を飲んだら身体が重くなる。そんな身体で、列車が勾配のところに来たときにうまく飛び乗ることが出来るのかという真面目な議論が始まった。それを聞いて黒人はまた大笑いした。地面をころげまわって大笑いした。その間、少なくとも五分間は水運びを中断せざるを得ないほどだった。

影がどんどん長くなり河の方へ伸びていく。柔らかく冷たい夕暮れが迫ってきた。それでも私たちは水を飲み続けた。黒人はどんどん水を運んでくる。一時間前のあの鞭打たれた女性のことはもう忘れてしまった。あの頁はもう読んでしまい、次の頁がめくられたのだ。

私はいま新しい頁を読むのに忙しい。そして機関車が勾配にさしかかって汽笛を鳴らしたらこの新しい頁も終わり、次の頁が始まる。人生の本はこうして読み進められていく。ひとつの頁が終わると次の頁が始まる。終わりがない——少なくとも若いうちは。

それから私たちはまたゲームを始めた。こんどは黒人は負けなかった。負けたのは、やせた、不機嫌な顔をしたホーボーで、私たちのなかでいちばん笑わなかった男だ。私たちはもう水はたくさんだといった――ほんとうだった。飲んだらホルムズやインドの富[*13]をくれるといわれても、あるいは、ポンプの圧力を使っても、飽和状態になった身体にはこれ以上、一滴の水も押しこむことは出来なかった。それを知って黒人はがっかりしたようだった。

それから事態を乗り切るために、自分は少し飲むといった。本気だった。実際、彼は飲んだ。さらに、またさらに飲んだ。そのたびに負けた憂鬱な顔のホーボーは急な土手の道を上り下りする。黒人はもっと水がほしいと要求する。

彼は、私たち全員が飲んだ水よりはるかにたくさんの水を飲んだ。夕暮れが深まり夜になり、星が出てきた。それでもまだ彼は飲んでいる。貨物列車の汽笛が鳴らなかったら、彼はそこに座って水を飲み続け、これまでの負けを取り戻そうとしただろう。そのあいだ憂鬱な顔のホーボーは苦労して土手を上り下りしなければならないだろう。しかし汽笛が鳴った。この頁は終わりだ。私たちは急いで立ち上がると、線路に沿っ

＊13　ホルムズは、ペルシア湾の入り口ホルムズ海峡に面したイランのミナブ一帯のこと。当時、イギリスはこの一帯を植民地支配し、富を独占していた。インドもイギリスの植民地だった。

て並んで走った。やがて列車が来た。勾配を咳(せ)きこむように何か呟くようにゆっくりとのぼってくる。

ヘッドライトの光であたりは昼のように見える。その光で私たちの影がくっきりと浮き上がる。機関車がまず通り過ぎていく。私たちはそのあとの列車に遅れないように走る。貨車の横に取り付けられた梯子(はしご)に乗る者がいる。からっぽの貨車のドアを〝こじ開け〟てなかに飛び乗る者もいる。

私は、木材を積んだ平らな貨車に飛び乗り、隅っこの居心地のいいところへ這っていった。枕のかわりに頭の下に新聞紙を置いて仰向けになった。空には星がまたたき、列車がカーヴを曲がるたびに前にうしろに飛行戦隊のように旋回する。それを見ながら私は眠りに落ちた。一日が終わった——私の人生の一日が。明日はまた新しい一日が始まるだろう。私は若かった。

4　刑務所の生活

禁固三十日

私は〝サイドドア・プルマン車〟、普通の言葉でいえば〝ボックス・カー（有蓋貨車）〟に乗ってナイアガラの滝[*1]を見に行った。ちなみに〝フラット・カー（屋根も側壁もない貨車）〟は放浪者仲間のあいだでは〝ゴンドラ〟と呼ばれている。第二シラブルが強調されて、〝ゴンドーラ〟と長く発音される。

それはともかく私は午後に町に着き、貨物列車を降りるとまっすぐに滝を見に行った。落下していく水のあの驚くべき光景を目にしたとたん、私は我を忘れた。その場を立ち去って夕食をもらうために〝勝手口〟（家）で物乞いする気になどなれなかった。たと

＊1　エリー湖から流れ出たナイアガラ川が、オンタリオ湖にさしかかるところにある巨大な滝。カナダ滝、アメリカ滝、ブライダルベール滝からなり、ナイアガラ瀑布とも呼ばれる。この滝をはさんでカナダ・アメリカの両側にナイアガラフォールズという町がある。

え〝食卓での食事〞に招くといわれても滝から離れることは出来なかった。やがて夜になった。月の美しい夜だった。私は十一時を過ぎるまで滝のまわりをうろうろしていた。それから「寝る（キップ）」場所を探さなければならなくなった。

「寝る（キップ）」「適当なところで横になる（ドス）」「一晩泊まる（フロップ）」「横たえる（バウンド・ユア・イア）」、どれも意味は同じ、つまり「眠る」ということだ。私はなんとなく、ナイアガラフォールズはホーボーには〝不都合な〞町だという勘が働いたので、町はずれの方へ歩いて行った。柵を乗り越えて野原で〝眠った（フロップ）〞。

ここなら警官に見つからないだろうと信じた。私は草原に仰向けになって、赤ん坊のように眠った。快く暖かい夜だったのでひと晩一度も目を覚まさなかった。しかし夜が白んでくると目を覚まし、あの素晴らしい滝のことを思い出した。私は柵を乗り越え、もう一度滝を見ようと道を歩き出した。朝早い時間だった——五時を過ぎていない——どうせ八時までは朝食の物乞いを始めることは出来ない。とすれば少なくとも三時間は川辺で過ごすことが出来る。だが悲しいかな！

私は川も滝も二度と見ることが出来ない破目になってしまった。

町に足を踏み入れたとき、町はまだ眠っていた。静かな通りを歩いてゆくと、向こうから三人の男が歩道沿いにやってくるのが見えた。三人並んで歩いている。私と同じホーボーだ。彼らも早起きしたんだ、と思った。しかし、その判断は必ずしも当たっていなかった。六十六パーセント、三分の二は当たっていた。両側の男はたしかにホーボーだったが、真ん中の男はそうではなかった。三人をやり過ごそうと歩道の端に寄った。しかし三人は通り過ぎない。真ん中の男が何かいい、三人はその場に立ちどまった。真ん中の男が私に話しかけた。

私はすぐにこの男が何者かわかった。〝私服警官〟だった。二人のホーボーは彼に逮捕されたのだ。警官は早起きの虫ケラを捕まえようとしている。

私がまさにその虫ケラだった。次の数か月に私の身に振りかかった経験をあらかじめ積んでいたら、私はまわれ右してあわてて逃げ出しただろう。警官は発砲するかもしれないが、私を捕まえるには命中させなければならない。彼は私を追いかけることは出来ない。すでに捕まえている二人のホーボーのほうが逃走中のひとりのホーボーより価値があるからだ。しかし彼がとまれといったとき、私は馬鹿(ばか)みたいに立ちどまってしまった。私たちの会話は手短なものだった。

「どこのホテルに泊まっている?」彼は聞いた。

テキはうまいところをついてきた。私はホテルなんかに泊まっていない。この町のホテルの名前など一軒も知らないから、どこに泊まっているか申し立てることも出来ない。それに朝早く起き過ぎた。状況はまったく私に不利だった。

「いまこの町に来たところです」私はいった。

「そうか、それじゃ向こうを向いて、俺の前を歩くんだ。あまり離れるな。お前に会いたい御方が待っている」

私は〝パクられた〟。誰が私に会いたがっているかはわかっている。〝私服警官〟と二人のホーボーの先に立ち、警官の命令に従いながら私は町の拘置所に向かって歩いて行った。

そこで私たちは服装検査を受け名前を記録された。いまとなっては、どんな名前を記録されたのか覚えていない。私はジャック・ドレイクと名乗ったが、服装検査のときにジャック・ロンドン宛の手紙が見つかってしまった。それで面倒なことになり、説明を求められた。

どんな説明をしたかはもう忘れてしまった。今日まで、私にはジャック・ドレイクとしてパクられたのかジャック・ロンドンとしてパクられたのかわからない。しかしどちらにせよその名前が今日でも、ナイアガラフォールズの拘置所に記録として残っているはずだ。調べれば明らかになることだ。一八九四年六月の終わりころのこと。逮捕されて二、三日たってからあの鉄道の大ストライキ[*2]が始まったのをよく覚えている。

警察署から私たちは〝ホーボー檻(おり)〟へ連れて行かれ、監禁された。

〝ホーボー檻〟というのは、刑務所のなかにあって、軽犯罪者がいっしょになって大きな鉄の檻に入れられるところだ。軽犯罪者のほとんどはホーボーなので、その鉄の檻は

〝ホーボー檻〟と呼ばれている。そこで私たちは、私たちより先にその朝早く逮捕された何人かのホーボーに会った。ひっきりなしにドアが開き、そのたびにさらに二、三人、なかに放り込まれた。

とうとう十六人になった。そこで私たちは階段を上がって法廷に連れて行かれた。私は法廷で何が行なわれたか、正直に書いておきたい。私の愛国的アメリカ市民権はそこで大きな打撃を受け、その打撃からいまだに回復していないことを読者に知ってもらいたいからだ。法廷には、十六人の被告と判事とそれに二人の廷吏がいた。判事は自分で書記も兼ねているようだった。証人は誰もいない。法廷で裁判に立ちあい、自分たちの町で正義がいかに行なわれているか見ようとするナイアガラフォールズ市民は一人もいない。判事は目の前に置かれた事件のリストをちらっと見て、名前を呼ぶ。ホーボーの一人が立ち上がる。判事が廷吏を見る。「放浪罪です、裁判長」廷吏がいう。「禁固三十日」と判事。ホーボーは着席する。判事は次の名前を呼ぶ。次のホーボーが立ち上がる。

＊2　プルマン・ストライキとも呼ばれるこのストライキは、一八九四年五月十一日にシカゴ郊外のプルマン社の豪華特別車両工場がストライキに突入したのに始まる。六月下旬にアメリカ鉄道労働組合組合員のストライキが始まり、その影響はアメリカ全土に波及した。政府はこのストライキで郵便物が止められていることを理由に介入、七月にクリーブランド大統領はシカゴに軍隊を派遣した。ストライキは七月二十日に終息した。

そのホーボーの裁判にかかった時間はわずか十五秒だった。次のホーボーの裁判も同じように迅速に行なわれた。廷吏が「放浪罪です、裁判長」というと、判事が「三十日」という。こうして自動的に進んでゆく。一人のホーボーにつき十五秒――判決は禁固三十日。

これでは哀れな物言えぬ家畜だとひそかに思った。しかし、私の番が来たら、裁判長に〝でまかせ〟をいってやる。

裁判の途中で判事は、気まぐれから、被告の一人に喋(しゃべ)る機会を与えた。ところがあいにくこの男は本物のホーボーではなかった。プロの〝放浪者〟の特徴をまったく持っていなかった。この男が、貨車に乗ろうと給水タンクのところで待機している私たちのところに近寄ってきたら、私たちはためらわずに彼を〝新米(ゲイキャット)〟と呼ぶだろう。〝新米〟とはホーボーの世界では〝初心者〟と同義語だ。この男は私の見るところかなり年をくっていた――おそらく四十五歳くらい。両肩が少し丸くなり、風雨にさらされた顔には深いしわが刻まれていた。

彼の話では、長年、ニューヨーク州ロックポート[*3]のどこかにある会社で（私の記憶が確かであれば）馬車の御者(ぎょしゃ)[*4]をしていた。

その会社は景気が悪くなり、ついに、一八九三年の不況[*5]の際に倒産した。最後のころは仕事が不規則なものになってしまったが、それでも彼は最後まで会社に残ることが出来た。そのあと数か月（多くの人間が失業した）、仕事を得るのがどんなに大変だったか彼はえんえんと話し続けた。彼は最後には、五大湖地方[*6]ならもっと仕事の機会があるかもしれないと決意して、バッファローに向かった。もちろん彼は〝一文なし〟になり、逮捕された。以上が彼の話だった。

「三十日」判事がいって次のホーボーの名前を呼んだ。

＊3　ナイアガラ瀑布の町ナイアガラフォールズの東北東三十五kmにあるエリー運河（現在はニューヨーク州運河システムの一部）の水門に開けた町。

＊4　それまで馬に頼っていた交通は、運河・鉄道の開通によって大きく変貌を遂げ、馬車の需要は激減した。また、この翌々年の一八九六年にヘンリー・フォードが自作第一号の自動車を発表するなど、世は自動車時代にはいっていった。そうしたなかで、馬車の御者はますます苦しい状況に置かれていった。

＊5　一八九三年にアメリカでは「恐慌」といえる深刻な経済不況が始まり、鉄道会社の倒産も多かった。失業者による抗議デモが全国的に行なわれた。

＊6　アメリカとカナダとの国境地帯には、西からスペリオル湖、ミシガン湖、ヒューロン湖、エリー湖、オンタリオ湖という五つの氷河湖群が並んでいる。この五大湖地方は農業地帯であると同時に鉱工業も発達し、またその西のプレーリー地帯は小麦生産地として開拓された。五大湖地方の町、たとえばデトロイトは十九世紀末には二十万人以上が住む大都市だった。

名前を呼ばれたホーボーが立ち上がった。「放浪罪です、裁判長」と廷吏がいうと、判事が「三十日」と判決を下した。すべてがこの調子で進んだ。どのホーボーに対しても十五秒と三十日。正義の機械はスムースに回っている。朝早い時間だったので、おそらく裁判長は朝食をとっておらず、急いでいたのだろう。

しかし私のアメリカ人としての血が騒いだ。私の背後には何世代ものアメリカ人の先祖たちがいる。先祖たちは、さまざまな自由を獲得するために闘って死んだ。彼らが求めた自由のひとつが陪審員による裁判[*7]を受けるという権利だった。それは先祖たちの聖なる血を浴びた私の遺産だった。いま私は彼らから受け継いだ権利を守るために立ち上がらなければならない。よし、私は内心で脅しをかけた。私の番になるまで待ってろよ。私の番になった。どの名前だったか、ともかく名前が呼ばれたので私は立ち上がった。廷吏がいう。「放浪罪です、裁判長」。そこで私は口を開こうとした。しかし同時に判事がいった。「三十日」。私は抗議しようとしたが、そのときはもう判事はリストにある次のホーボーの名前を呼んでいた。裁判長が私にいったのはただ「黙れ！」のひとことだった。

廷吏が私を無理に座らせた。次の瞬間には、次のホーボーが三十日の判決を受け、さらに次のホーボーが判決を受けようとしていた。

私たちの全員が放浪の罪で三十日間の判決を受けた。そのあと裁判長は、ちょうど私たちに退廷を命じようとしたとき、突然、ロックポートから来た御者の方を見た——先ほど喋るのを許してやった男だ。

「なぜ仕事をやめたのか?」裁判長は聞いた。

その御者は先ほどえんえんと仕事を失った事情を述べたばかりだったので、質問の意味がわからなかった。

「裁判長」彼は当惑しながら話し始めた。「その質問はおかしくないですか?」

「仕事をやめたことに対し、さらに三十日追加」裁判長がそういって閉廷となった。それで終わりだった。私たちが三十日間だったのに対し、その御者だけが計六十日間の禁固になった。私たちは下へ連れて行かれ、檻のなかに入れられ、朝食を与えられた。刑務所の朝食としてはかなりいいものだった。そしてこれから先一か月に与えられることになる朝食のなかでは最高のものだった。

＊7　アメリカの裁判は基本的に陪審制度のもとで行なわれる。陪審員は一般市民が無作為抽出のリストから選ばれてなり、そのもとで被疑者を起訴するか否かを判断する大陪審、裁判そのもので被告の罪の有無を判断する小陪審が行なわれる。審議の後、陪審員はそこで有罪か無罪かを一般評決する。

私はといえば、頭がぼうっとしていた。まるで道化芝居のような裁判の結果、判決を受けて拘束されている。その裁判では、陪審員による裁判の権利を否定されただけでなく、罪状認否の権利も認められなかった。

先祖たちがそのために闘った権利がもうひとつ私の頭に浮かんだ——人身保護令状請求権[*8]だ。私は連中にその権利を申し立ててやる。しかし弁護士を要求しただけで私は笑いものにされた。人身保護令状請求権があるのはいいとして、拘置所の外に誰一人連絡を取る人間がいない人間には、そんな権利は何の役に立つだろう? しかし、私はやつらに権利を申し立ててやる。やつらは私を永久に拘置しておくことは出来ない。外に出るまで待っていろよ。いまいえるのはそれだけだ。

外に出たらやつらを驚かせてやる。法律と自分の権利について私だって多少は知っている。やつらが正義をいかにないがしろにしているか暴露してやる。損害訴訟とそれを伝えるセンセーショナルな新聞の見出しが頭のなかで躍った。そのとき看守が檻のなかに入ってきて、私たちを本部事務所へと追い立てはじめた。

警官が私の右手首に手錠をかけた(またしても侮辱だと思った。外に出るまで待っていろよ)。警官はその手錠のもう一方を一人の黒人の左手首にかけた。

とても背の高い黒人だった——六フィート(約百八十三センチ)はゆうに超えている——あまりに高いので、並んで立つと私の手は手錠につながれたまま彼の手に少し引っぱり上げられた。そのうえ彼はこれまで会ったこともないような愉快で、そして汚い黒人だった。

私たちは全員同じように二人ずつ手錠をかけられた。さらにそのあと、一本のニッケル鋼の鎖が持ち出され、ぜんぶの手錠の環に通され、二列になった囚人たちの前とうしろで鍵をかけられた。これでチェーン・ギャング（鎖につながれた囚人）の出来上がりだ。行進するように命令が出され、私たちは二人の係官に監視されて通りへ出た。背の高い黒人と私が先頭に立つ名誉を与えられた。

墓場のように陰鬱な拘置所のあとだと、外の太陽は目まいがするほどまぶしかった。太陽がこれほど気持ちのいいものとはこのときはじめて知った。鎖をガチャガチャいわせている囚人の私は、これから三十日間太陽を目にすることが出来なくなるとわかっていたからだ。

＊8　人身保護権と令状請求権をいったもので、アメリカ合衆国憲法修正第四条では、「身体、住居、書類および所持品について、何人も不当な捜索・逮捕押収を受けないという権利は決して侵されてはならない。令状は、すべて宣誓または確約によって支持される正当な理由に基づいてのみ発せられ、そこには捜索する場所および逮捕押収する人・物が明示されていなければならない」と規定されていた。合衆国憲法にはこの条文を含む修正十ヶ条があり、これは一七八九年の第一回連邦議会において、原憲法には盛られていなかった権利の章典を、憲法修正案として追加したもの。

ナイアガラフォールズの町の通りを、私たちは通行人に、とりわけ途中のホテルのベランダにいる一団の観光客にじろじろ見つめられながら駅へと行進した。

鎖にはたるみがたくさん出来ていた。それでいっそうガラガラ、ガチャガチャと鳴った。私たちはうるさく音をたてながら二人ずつ喫煙車の椅子に腰を下ろした。私は自分と祖先に加えられた侮辱に怒り狂っていたが、実際的にものを考える人間だったからそのことで理性を失うことはなかった。私には新しい体験だった。

どうなるかわからない三十日間が待ちかまえている。私はあたりを見渡して刑務所生活をうまく過ごすこつを知っている人間を探した。というのは、この時点で私が送られるのは、百人ほどの囚人を収容した小さな監獄ではなく、二千人の囚人が十日から十年間の刑に服している本格的な刑務所であると知らされていたからだ。

私のうしろの席に鎖で手首をつながれた、ずんぐりとがっしりした、筋骨隆々の男がいた。年齢は三十五歳と四十歳のあいだ。私は彼がどんな人間かつかもうとした。目のすみに、ユーモアと笑いとやさしさが感じられた。それ以外は、野獣そっくりで、およそ道徳と無縁に見える。野獣の激情とむきだしの暴力をすべて持っている。

それでも救いは、そして彼が私に役立ちそうなのは、目のすみに感じられるもの——激情にかられていないときの獣のユーモアと笑いとやさしさだった。

彼は私の〝探していたもの〟だった。私は彼に〝好意を持った〟。私と手錠でつながれている背の高い黒人は、逮捕されているあいだきっと洗濯物か何かを失うにきまっているといって泣き笑いしている。汽車はバッファローに向かって走っている。

そのあいだ私はうしろの席の男と話をした。彼はからっぽのパイプを持っていた。私は貴重なタバコをそのパイプにつめてやった。一回につめる量だけで紙タバコなら十二本は作れる。話をすればするほどこの男は私の〝探していたもの〟だと確信出来たので、私は持っていたタバコをみんな彼と分けあった。

たまたま私という人間は臨機応変型で、どんな環境にも適応できる能力を持っている。その才覚を生かし私は彼とうまくやってゆこうとした。といってもこれからどんな素晴らしいことが起きるか夢にも思っていなかったが。彼はいま私たちが向かっている当の刑務所に入ったことはなかったが、他のあちこちの刑務所には「一年」「二年」、そして「五年(ファイブ・スポッツ)」もいたことがあった(〝スポット〟は一年のことだ)。

それで刑務所のことをよく知っていた。私たちはかなり親しくなった。そして彼に、俺のいうとおりにすれば大丈夫だといわれたときは大いに安心した。彼は私をジャックと呼び、私も彼をジャックと呼んだ。

汽車はある駅でとまった。バッファローの手前五マイルほどのところで、私たちチェーン・ギャングは汽車を降りた。駅の名前は覚えていないがロックリン・ロックウッド、ブラック・ロック、ロック・キャッスル、ニューキャッスルのうちのどれかであることは確かだ。

しかし駅の名前はともあれ、私たちが歩かされたのはわずかな距離で、すぐに市街電車に乗せられた。旧式の電車で、両側に長い椅子がぎりぎりいっぱい取り付けられている。片側の椅子に座っていた乗客はみんなもう片方の椅子に移動するようにいわれた。私たちは鎖をガチャガチャ大きな音をたてながら、彼らが座っていた席に座った。ちょうど彼らと向かいあう格好になったのを覚えている。それに女性たちの顔に浮かんだ畏怖(いふ)の表情も覚えている。彼女たちは、間違いなく私たちを有罪判決を受けた殺人犯や銀行強盗と思ったにちがいない。私はできるだけ残忍な顔をしようと試みたが、手錠の相棒、あの陽気な黒人は、目をくるくるまわしては大声で笑い、しきりに「おい、やめろ！　やめろ！」といい続けた。

私たちは電車を降り、さらに少し歩き、エリー郡刑務所[*9]の事務室に連れられて行った。そこで名前を記載されることになっている。記録を調べれば私の名前のどれかが残っているだろう。さらに、荷物はすべてこの事務室に置いてゆくようにいわれた。金、タバコ、マッチ、ポケットナイフ、そんなものだ。私の新しい友人はそんなことをする必要はないと首を横に振った。

「持ち物はここに置いておかないと、なかで没収されるぞ」と係官が注意した。

友人はまた首を横に振った。彼はしきりに両手を動かしている。他の人間に隠れて何かしている（手錠はもうはずされていた）。私は彼の動作をよく見て、それに従った。ハンカチのなかに持ちこみたいと思うものをすべて入れて小さな包みを作る。私たちはその包みをそれぞれシャツに隠す。私は、他の連中も、時計を持っている一人二人を除いて、誰も持ち物を事務室の男に預けていないのに気がついた。みんな、運を天にまかせてなんとか所持品をなかに持ちこむつもりなのだ。しかし、私の友人ほど賢くはなく、所持品を包みにする知恵は浮かばなかった。

看守たちは手錠と鎖を集めるとナイアガラフォールズへ帰っていった。

一方、私たちは、新しい看守のもとで刑務所に連れて行かれた。事務室にいるときに新たに囚人の一団が到着し数がふえていた。いまや私たちは四、五十人の行列になっていた。

私は卑屈になった

刑務所に入れられたことのない人間にはぜひ知ってもらいたいことだが、大きな刑務所のなかでは、自由に歩きまわることは出来ない。中世では交易が制限されていたのと

＊9　エリー郡はニューヨーク州の行政区分のひとつで、ナイアガラフォールズやバッファローなどエリー湖沿岸の地域。郡刑務所は、エリー運河沿いに置かれたとされる。

同じだ。

いったん刑務所に入れられると、自由に動きまわることは出来ない。数歩歩いただけで大きな鋼鉄のドアか門にぶつかる。ドアも門もいつも閉まっている。たとえば、私たちは事務室から散髪場に連れていかれたが、行く手のドアの鍵が開くまで少し待たなければならなかった。

私たちは、最初の〝通廊〟で待たされた。〝通廊〟は通路とか廊下ではない。レンガ造りの六階建てになった長方形の立方体を想像してみればいい。各階には小部屋が一列に並んでいる——一列に五十部屋——つまり、大きな蜂の巣のような立方体だ。

この立方体を地面に置き、大きな建物に入れる。建物には頭上に屋根が付いていて、周りは壁に囲まれている。エリー刑務所の〝通廊〟はこの立方体と、それを取り囲む建物で造られている。

さらに、くわしく説明すると、並んだ小部屋に沿って、鉄の手すりの付いた回廊が造られている。立方体の両側にはどの階にもこの回廊があって、狭い鉄の階段の非常口が取り付けられている。

私たちは最初の通路で立ちどまるようにいわれ、看守が散髪場へ通じるドアの鍵を開けるのを待った。通路のあちこちを囚人たちが歩いている。みんな頭を短く刈られ、顔のひげは剃られ、縞の囚人服を着せられている。私はそんな囚人のひとりが三階の回廊にいるのに気がついた。彼は回廊に立って手すりに手をやって前かがみになっている。私たちのことなど気づいていない。どこか虚空を見つめているようだ。そのとき私の相棒がシュッと小さな音を立てた。その囚人は下を見た。二人のあいだに身ぶりで合図がかわされた。それから相棒のハンカチの包みが宙に舞い上がった。上の囚人がそれをつかみ、あっというまにシャツのなかに隠してしまう。そしてまた虚空を見ている。相棒は同じようにやれば大丈夫だといっていた。私は看守が背中を見せる機会をうかがう。そして私の包みも相棒の包みに続いて囚人のシャツのなかに消えた。

一分後にドアの鍵が開いた。私たちは列をなして散髪場に入っていった。そこにはさらに囚人服を着た男たちがいた。刑務所の散髪場だった。さらにそこにはバスタブ、湯、石鹸、ブラシまであった。私たちは裸になって入浴するよう命じられた。互いに隣りの者の背中を洗う――こんな強制的な入浴は無駄な用心でしかなかった。刑務所には害虫がうじゃうじゃいたのだから。

「服をみんなこの袋に入れろ」看守がいう。「何か持ち込もうとしても無駄だ。裸で並んで調べられるからな。三十日以内の者は靴とサスペンダーは持っていてよろしい。三十日以上の者は何も持ってはいけない」

これを聞いてみんな大いに驚いた。裸にさせられたらどうやって検査をすり抜けることが出来る？　安全なのは相棒と私だけだった。しかし驚いたことに、囚人の散髪係たちはこの機をとらえて彼らの商売を始めた。彼らは、どうすることも出来ない哀れな新入りのあいだをまわって、お前たちの貴重な所持品を預ってやろうと親切に声をかける。あとで返してやると約束する。

彼らのいうことを聞いているとまるで博愛主義者のようだ。フラ・リッポ・リッピ（お人好しの修道士）[*10]の場合と同じように、新入りたちはたちまち持っていたものを彼らに預けてしまう。マッチ、タバコ、ライス・ペーパー[*11]、パイプ、ナイフ、金、その他のあらゆるものが散髪係たちの大きなシャツのなかに投げこまれる。シャツは戦利品でかなりふくれたが、看守は見て見ぬふりをしている。結論をいえば、何ひとつ返されなかった。散髪係たちははじめから預ったものを返すつもりなどなかった。彼らは預ったものを自分のものにするのは正当だと考えていた。散髪係の不正利得である。その刑務所にはいろいろな不正利得があることを私はやがて知るようになった。私もまたそれを得る運命にあった——相棒のおかげで。

その部屋には椅子がいくつかあり、散髪係の仕事は速かった。これまで床屋でこんなに速い散髪やひげ剃りは見たことがない。男たちが自分で石鹼のあわを塗る。散髪係は一人につき一分の速さでひげを剃る。散髪はもう少し長くかかる。わずか三分で私の顔からは十八歳のうぶ毛が剃り落とされ、頭は堅い毛が少し生えかかったビリヤードの玉のようになる。

あごひげも口ひげも服や所持品と同じように取り去られる。私のいうことを信じてほしいが、散髪が終わると私たちはいかにも悪党らしい一団となった。そのときはじめて私は自分たちがいかに悪人めいているかに気づいた。

それから私たちは整列させられた。四、五十人全員が裸にされる。ラングタングペンを襲撃したキプリング[*12]の小説の主人公のようだ。検査するのは楽だった。私たちは靴しかはいていないのだから。散髪係を疑って所持品を預けなかった大胆な新入りが二、三人いたが、彼らの持ち物もこの検査で見つかり、たちまち看守に没収された——タバコ、パイプ、マッチ、小銭といったものだ。これが終わると新しい服が持ってこられた——丈夫な刑務所のシャツと、縞が入っているのがはっきりとわかる上着とズボンだ。私はこれまでいつもなんとなく、縞の囚人服が着せられるのは、重罪判決を受けたあとだと

＊10　イギリスの詩人ロバート・ブラウニング（一八一二〜八九）の詩「フラ・リッポ・リッピ」の主人公。夜の巷（ちまた）で巡査に捕った僧侶で画家のリッピは、「この世も、見栄も、欲も、宮殿も……みんな八歳のときに捨てた」と語る。

＊11　紙巻きたばこ用の用紙。麻繊維を原料に、薄くすいたもので、適当な燃焼性があって、しかも不快な臭いを出さない。

＊12　ラドヤード・キプリング（一八六五〜一九三六）はインド生まれのイギリスの小説家。作品に『ジャングル・ブック』『少年キム』など。

思っていた。しかしもはやそんなことをいっていられない。私は屈辱の服を着せられ、前の人間と間隔をつめて進む〝ロック・ステップ〟をはじめて味わった。

一列縦隊で、間をつめ、両手を前の人間の肩に置き、私たちは先ほどとは違う大きな通路へと行進していった。そこで壁を背にして長々と一列に並ばされ、左の腕のすそをまくるように命じられた。私たちのような家畜を相手に実習をしている若い医学生が列のところにやってきた。彼は全員に予防注射をしていったが、その速さといったら散髪係がひげを剃る速さの四倍だった。最後に、どんなことがあっても注射のあとをかかないように、また血を乾かしてかさぶたを作るようにと注意されると、私たちはそれぞれの部屋へ連れて行かれた。そこで私は相棒と別れたが、彼は別れる前にすきを見て「吸い出せ」と私にささやいた。

部屋に入って鍵をかけられると私はすぐに注射されたものを吸い出してしまった。あとで吸い出さなかったために、腕に拳(こぶし)が入るくらいの大きな穴があいてしまった男を何人か見た。

そうなったのは本人の責任だった。病原菌だらけの注射針で打ったものなど自分で吸い出してしまえばいいのだから。

私の部屋には男が一人いっしょだった。同房仲間になるわけだ。若くて男らしく、口数は少ないが実に有能だった。めったに会えないほど素晴らしい男だった。しかも彼はついこのあいだオハイオ州のある刑務所で二年の刑期を終えてきたばかりだという。部屋に入って半時間するかしないうちに、一人の囚人が回廊をぶらぶらとやってきて部屋をのぞきこんだ。わが相棒だった。俺は通路を自由に歩けるんだ、と彼は説明した。朝六時に鍵をはずしてもらうと夜の九時までは自由になる。彼はその通路の〝仲間〟になっていて、入所するとすぐに囚人仲間で〝ホールマン〟として知られる模範囚に指名されていた。

彼を指名した男も囚人であり模範囚であり〝牢名主(ろうなぬし)〟と呼ばれていた。その通路には十三人のホールマンがいた。そのうち十人がそれぞれ小部屋の並ぶ回廊のひとつを監督している。彼らの上に、牢名主、次席名主、第三名主がいた。

私たち新入りはワクチンの効き目があるようにその日はあとずっと部屋にいなければならない、と相棒はいった。明日の朝は、刑務所の作業場で重労働をさせられるだろう。「でも俺がなるべく早くお前を仕事からはずしてやるよ」と彼は約束してくれた。「ホールマンの一人をクビにして、お前をそのかわりにしてやる」

彼は手をシャツに突っこむと私の貴重品が入ったハンカチを取り出し、それを鉄棒ごしに渡してくれた。そして、回廊を向こうへと去った。

私は包みを開けた。すべてそこにあった。マッチ一本なくなっていなかった。

私は同室の男に紙巻きタバコの材料を分けてやった。明かり用にとマッチを一本つけようとすると、彼がそれをとめた。

二人の寝台の上には、寝具として薄い、汚い掛けぶとんが置いてあった。

彼はその薄い布の小さな切れはしを破り取ると、それを固く望遠鏡のような形に巻いて、細長い円筒形にした。それに貴重なマッチで火をつけた。固く巻かれた綿布の円筒はいっぺんに燃えあがることはない。円筒の先で炎が石炭のようにゆっくりと燃えていく。これならば何時間ももつ。同室の男はこれを〝パンク（火口《ほくち》）〟と呼んだ。火がなくなってくれれば新しいパンクを作り、その先端を前のパンクにくっつけて、息を吹きかける。

そうすれば石炭のように燃える火は新しいパンクに移る。私たちはプロメテウス[*13]に火の保存法に関して助言を与えることだって出来るだろう。

十二時に食事が出た。ドアの底部に、養鶏場の通り道によくある入り口のような形をした、小さな穴があいている。そこから固くなったパンが二切れと〝スープ〟が二皿差し入れられる。そのスープなるものは、約一クオート（約〇・九五リットル）の湯の表面にわずかばかりの脂が浮いているだけだ。それには塩も少し入っている。

私たちはスープは飲んだが、パンは食べなかった。腹が減っていなかったのではないし、そのパンが食べられないほどひどかったわけでもない。

かなりいいパンだった。しかし食べなかったのには理由があった。同室の男がこの部屋には南京虫(なんきんむし)[*14]がうじゃうじゃしているのに気づいたのだ。

モルタルが剝(は)げ落ちたレンガのあいだの割れ目やすきまは、どこもかしこも南京虫の格好の住みかになっていた。大胆にも明るいところに出てくるやつもいて、壁や天井を何百匹と群れをなして這(は)いまわっている。同室の男はやつらを退治する方法を心得ていた。

チャイルド・ローランド[*15]のように、たじろがずに魔法の角笛(つのぶえ)を唇に当てて吹いた。こんなすごい戦いは見たことがなかった。何時間も続いた。虐殺の場だった。最後に生き残った南京虫はレンガとモルタルの砦(とりで)に逃げ込んだが、それでも私たちの仕事はまだ半分しかすんでいなかった。これからが勝負だ。私たちはパンを口いっぱいに入れ、パテ

＊13　ギリシア神話に出てくる巨神のタイタン（チタン）族の英雄。彼は火をまだ知らなかった地上の人間を哀れに思い、天上の火を盗んで人間に与えたことでゼウスの怒りを買った。捕らえられ、岩に鎖でつながれたプロメテウスは、禿鷹(はげたか)に腹を引き裂かれ肝臓をついばまれたが、ヘラクレスに助けられた。火の神とされている。

＊14　カメムシ目トコジラミ科の昆虫。トコジラミ。アジア南部が原産で、家のなかに住んで、夜間に人や家畜の血を吸う。体長は五㎜程度、円盤状で扁平、頭部は小さい。

＊15　シェークスピア『リア王』の登場人物エドガーや、詩人ロバート・ブラウニングが歌っている中世の騎士。暗黒の塔にやってきて、合図のラッパを吹き鳴らして戦いを始める。

のように粘っ気が出るまでよくかんだ。逃げてゆく敵がレンガのあいだの裂け目に入りこむと、私たちはすぐにそいつをよくかんだパンで壁に塗りこめた。あたりが暗くなり、穴や引っこみや割れ目がすべてパンでふさがれるまでその仕事を続けた。パンでふさがれた黒壁のうしろでそのあと展開されただろう飢餓(きが)と共食いの悲劇を想像するとぞっとした。

私たちは疲れ切り腹をへらして寝台に身を投げ出し、ただ夕食を待った。一日大働きをしたのだ。今後数週間は、少なくとも害虫にだけは悩まされずにすむだろう。私たちは食事を抜き、食欲を犠牲にして住みかを救ったのだ。それで満足していた。だが人間の努力とはなんと空(むな)しいものだろう！　長い労働が終わったとたん看守がドアの鍵を開けた。四人の再配置のために、私たちは二階上の別の小部屋に連れて行かれ、閉じこめられてしまった。

次の朝早く部屋の鍵があけられた。下の通廊(ホール)で私たち数百人の囚人は〝ロック・ステップ〟の形に並ばされ、刑務所の作業場に連れて行かれて、仕事についた。

エリー郡刑務所の敷地のすぐうしろをエリー運河が流れている。私たちの仕事は運河船の荷を降ろし、鉄道の枕木(まくらぎ)のように大きなステーボルト[*16]を刑務所に運ぶことだった。仕事をしながら私は状況を判断し、脱走の機会を考えた。まるで見込みはなかった。塀の上には連発銃を持った看守が行き来している。さらに、見張り塔には機関銃があることも知った。

それでも私はくよくよしなかった。三十日間はそんなに長くはない。私はたっぷり三十日間ここにいて、釈放されたあと裁判所の貪欲(どんよく)な連中と闘うのに使える材料を増やすことが出来る。一人のアメリカの少年が、私の場合のように権利や特権を踏みにじられたとき、何が出来るか思い知らせてやる。

私は陪審員による裁判を受ける権利を拒否された。罪状認否の権利を拒否された。正当な裁判を受ける権利さえ拒否された（というのも私はあのナイアガラフォールズの町で行なわれたものを裁判だとは思っていないからだ）。

私は弁護士とも誰とも連絡を取ることが許されなかったし、人身保護請求令状の申し立ても拒否された。勝手にひげを剃られ坊主頭にされ、囚人服を着せられた。わずかばかりのパンと水で重労働をさせられ、銃を持った看守に監視されながら屈辱にみちた〝ロック・ステップ〟をさせられた。

なぜこんなことをさせられるのか？　ナイアガラフォールズの町の市民にどんな犯罪をしたから、こんなひどい仕打ちを受けなければならないのか？　私は彼らのいう〝屋

＊16　炉、ボイラー、タンクなどで内圧に対する補強用に設けられる長い棒をステー（控え・支柱）というが、これに使われる両端をネジ状に刻んだボルト。

外で眠る〟ことを禁じた条例に違反してもいない。私はあの夜、町の外、郊外で眠った。食べものをねだることさえしなかったし、路上で〝小銭〟をせびることもしなかった。私がしたことといえば、せいぜい町の歩道を歩き、つまらない滝を見ただけだ。そのどこが犯罪なのだ？ 法的に見て軽犯罪さえ犯していない。よし、外に出たら思い知らせてやる。

次の日、私は看守の一人と話をした。弁護士を呼んでほしいといった。

看守は笑って相手にしない。他の看守もそうだった。私は外の世界との関係では〝連絡不能〟の状態にあった。手紙を書こうとしたが、手紙はすべて刑務所当局によって読まれ、検閲され、場合によっては没収されることがわかった。

しかも〝短期服役者〟はそもそも手紙を書くことが許されていない。少しあとで、私は釈放される連中にこっそり手紙を託したが、彼らは身体検査を受け、手紙は発見され、破られてしまった。いやこんなことも気にすることはない。外に出たら、こんなことはみんな刑務所の不正を明らかにする材料になるのだ。

しかし刑務所生活が続くうちに（これについては次章でくわしく書く）、私は〝多少学んだ〟。私は警官や警察裁判所や弁護士についていろいろ話を聞いた。

どれも信じられない、ひどい話だった。囚人たちの話は恐ろしい大都市の警察での個人的体験だった。さらに恐ろしい話は、警察の手で殺され、自分で証言出来なくなった連中についての噂話だ。その後何年かたってレクソウ委員会[*17]の報告書を読んで、噂が本当だったことを知った。しかも真相はもっと恐ろしいものだった。刑務所暮らしの最初のころは、まさかそんなことがと思っていたのだ。

しかし、日がたつにつれて、私は次第に話を信じるようになった。私はこの刑務所で、自分の目で信じられないような、ひどい事実を見たのだ。そして話を信じるようになればなるほど、私のなかで法の番犬や法制度全体に対する恐れが強くなっていった。怒りはだんだんと弱まり、私は恐怖の波に洗われるようになった。最後に私は、はっきりと自分が立ち向かおうとしたものの正体を見た。私は大人しくなり、腰が低くなった。毎日、外に出たらもう騒いだりしないと心に強く決めていった。

釈放されたときに私が願ったのは、とにかくこの刑務所のある土地を離れたいということだった。実際、釈放されたときに私はそうした。口を閉ざして何も喋らず、とぼとぼと逃れるようにペンシルヴェニアに去っていった。私は前よりは賢い、そして卑屈な人間になっていた。

＊17　クラレンス・レクソウ（一八五二〜一九一〇）は弁護士で、ニューヨーク州議会上院議員。彼が議長になって、ニューヨーク市当局の不正を摘発する委員会が法的に設けられた。

5　作業所の囚人たち

なまのツバメを食うやつ

二日間、私は刑務所の作業場で苦労して働いた。重労働だった。ことあるごとに仮病を使ってごまかそうとしたが、くたくたに働かさせられた。疲れたのは食べもののせいだった。こんなひどい食べものでは働けるはずがない。

パンと水、私たちに与えられたのはそれだけだった。一週間に一度は肉が出ることになっていたが、いつもそうなるとは限らなかった。おまけにその肉たるや、先にスープのだしを取るのに使われ、栄養分があらかたなくなったものだったから、週に一度もらおうがもらうまいが同じことだった。

さらに、パンと水の食事には重大な欠陥があった。水はたくさん飲めるのだが、パンの量が少ないのだ。一回のパンの割り当ては、拳ふたつほど、それが一人につき一日三回与えられる。水については、あえていえば、ひとついいことがある——お湯だった。

水は朝は〝コーヒー〟と呼ばれ、昼はもったいぶって〝スープ〟と呼ばれ、夜には

〝お茶〟になる。いずれにせよただの水であることに変わりはない。囚人たちはこの水を〝魔法の水〟と呼ぶ。朝は黒い色をしている。焦げたパン屑といっしょに煮立てるためだ。昼の水には色はついていない。塩と少しばかりの脂が加えられる。夜は紫がかったとび色をして、どこから見てもお粗末なお茶という感じだが、実際はただのお湯だ。

私たちはエリー郡刑務所の腹ぺこ集団だった。「長期服役者」だけが、充分な食べものをとるとはどういうことかを知っていた。つまり、「短期服役者」に与えられる食べものだけでは彼らはいずれ死んでしまうからだ。彼らが私たちよりいい食事をしていることを私は知っていた。というのは他でもない、私たちの通路の一階には彼らの入っている小部屋が並んでいて、私は模範囚にしてもらったとき、給仕をしながらよく連中の食べものを盗んだからだ。ひとはパンだけで生きることは出来ない。まして十分な量のパンでないのなら。

私の相棒は約束を守った。二日間、作業場で働いたあと、私は小部屋から出され、模範囚、つまりホールマンにしてもらった。

朝と夜は、私たちはふつうどおり、部屋にいる囚人にパンを配ってまわる。しかし昼の十二時の食事のときには違ったやり方をとる。囚人たちが、長い列を作って仕事から戻ってくる。通廊の入り口に来ると彼らは〝ロック・ステップ〟を解き、前の人間の肩にかけていた手を下ろす。入り口のドアのところには、パンをのせたトレイが積んである。そこにはまた牢名主とひらのホールマンが二人立っている。私がその二人のうちの一人だ。囚人たちが行列を作って進んでいくときに彼らにパンをのせたトレイを渡してやるのが私たちの仕事だ。私が渡すトレイがなくなると、新しいトレイをかかえたもう一人のホールマンが交代する。彼のがなくなると、私が交代する。こうして行列はゆっくりと進んでいく。囚人たちは右手を伸ばし、差し出されたトレイを受け取ってゆく。

　牢名主の仕事は私たちとは違う。彼は棍棒を使う。トレイのかたわらに立ち監視する。腹を減らした囚人たちは、そのうちトレイの山から二食分のパンを盗みとってやろうという誘惑にとらわれるものだが、私の経験ではそのうちは決してこない。パンを盗んでやろうと手を伸ばすと、牢名主の棍棒がたちまちその手にすばやく振り下ろされるのだ――その素早さは、虎のかぎ爪の一撃のようだ。牢名主は距離をはかるのがうまい。これまで何人もの手を棍棒で殴ってきたから、いつも正確だった。はずすことはなかった。

　そしてルールを破った囚人にはいつも、パンを取り上げ、部屋に戻し、食事は湯だけにして罰を与えた。

　そしてときどき私は、罰を与えられた囚人が部屋で腹を空かしている一方で、ホールマンの部屋には、百食分ほどの余分のパンが隠されているのを目撃した。こんなふうにパンを隠し持つなど馬鹿げていると思われるだろう。しかしそのパンは私たちの役得なのだ。私たちは刑務所の通廊（ホール）のなかでは経済上の主人であり、私たちがやっている不正行為は文明社会の経済上の主人がやっていることと同じなのだ。

私たちは囚人たちの食べものの供給を管理し、刑務所の外にいる私たちと同じ悪党がやっているように、弱い囚人たちから搾取するわけだ。私たちはパンを売ることもした。一週間に一度、作業所で働いた囚人たちは五セント分のかみタバコをもらえる。このかみタバコが刑務所のなかでは通貨の役割をする。かみタバコひとつでパン二、三食というのが交換の相場だった。

こういう取引が行われたからといって囚人たちがタバコを必要としなかったわけではない。彼らはただパンのほうをより必要としたのである。まるで赤ん坊からキャンディを取り上げるようなものだ。しかし、だからどうだというのだ。私たちは生きなければならない。それに、こういう取引きを思いつき、行っている人間には報酬が与えられて当然だ。

それに私たちはただ刑務所の外にいる、よりうまくやっている連中の真似（まね）をしているだけなのだ。彼らはもっと大規模に、そして商人や銀行家や実業家といったもっともらしい仮面をかぶって、私たちとまったく同じことをしているのだ。

私たちがいなかったら哀れな囚人たちはどうなるか、私には想像もつかない。私たちはまぎれもなくエリー郡刑務所のなかでパンを流通させた。そして、パンのためにタバコをあきらめた哀れな囚人たちを元気づけ、節約と倹約をすすめた。さらに、私たちホールマンというい い例があった。私たちを見て他の囚人たちはいつか自分たちもあんなふうになりたい、役得にありつきたいという野心を持つようになった。社会の救済者——私たちはまさにそれだと思う。

たとえばタバコを持っていない、腹を減らした男がいるとする。節約を知らない男で、自分のタバコをひとりでみんな吸ってしまったのだろう。しかし問題はない。彼にはサスペンダーがある。私は彼のサスペンダーと半ダース分のパンを交換する。いいサスペンダーだったら一ダース分のパンと交換する。私はといえばサスペンダーなどしたことがない。しかしそんなことは問題にならない。角の部屋に殺人罪で十年という長期服役者がいる。その男がサスペンダーをしていて、もう一組欲しがっている。そこで私は彼と取引きをして、彼の肉と交換する。私の目当ては肉だ。あるいは彼が、ぼろぼろになったカバー付きの小説本を持っていることもある。本は刑務所では貴重な宝物だ。

私は本を読んでしまうと、パン焼き係のところに持っていき、ケーキと交換する。あるいはコックのところへ行き、肉や野菜と交換する。ボイラー係相手にちゃんとしたコーヒーと交換も出来るし、他の人間のところへ行って、どういう方法でかはわからないが所内に時折持ち込まれる新聞と交換することも出来る。コックもパン焼きもボイラー係も私と同じように囚人で、彼らは私たちと同じ通廊（ホール）のすぐ上の階の部屋に入っている。

要するにエリー郡刑務所では年季の入った物々交換システムが行なわれていたのだ。所内ではお金さえも流通していた。短期服役者がひそかに持ち込んだものだったり、さらに多くの場合は、散髪係が新入りから奪い取った役得だったが、大半は長期服役者の部屋から流れていた——彼らがどうやってお金を得るのか、私にはわからなかったが。

そのとび抜けた立場のために、牢名主は非常に裕福だという噂だった。いろいろな役得があったうえに、彼は私たちからも役得を取った。私たちホールマンは一般の哀れな囚人たちから搾取する。そして牢名主は私たちホールマンの上に君臨する搾取の長なのだ。私たちは彼の許しを得て各自の役得を得る。

それに対し私たちは彼に代価を支払わなければならない。前述したように彼は裕福という噂だった。しかし私たちは実際に彼のお金を見たことはなかった。彼は自分だけの威光に満ちた独居房にいたからだ。

しかし彼の金はこの刑務所で得られたものであることは間違いなかった。私はその証拠を握っていた。というのは、私は一時期、三等名主と同じ部屋で暮らしたことがあったからだ。彼は十六ドル以上持っていた。毎晩、私たちが部屋に入れられたあと、九時過ぎに、彼はよく自分の金を数えていた。

また、彼はよく私に、金のことを他のホールマンにいったらどうなるか覚悟しろといった。たしかに彼は金を盗まれるのを恐れていた。盗まれる危険は三通りあった。まず看守がいた。看守が二人ばかり、彼に襲いかかり、反抗したという理由で殴りつけ、〝独房〟（地下牢）に放り込むかもしれない。

そしてどさくさにまぎれて、彼の十六ドルはどこかに消えてしまう。さらに、牢名主がいる。ホールマンの仕事をクビにし、もとの重労働に戻すと脅して、金をすべて取り上げてしまうかもしれない。さらに私たち、ひらのホールマンが十人いる。彼が金を持っているとかぎつけたら、全員で、ある静かな日、彼を部屋の隅に追いつめて、叩きのめしてしまうかもしれない。まったく、私たちは狼だった。――ウォール街で仕事をしている連中と同じだった。

彼が私たちを怖がるのは無理なかった。そして同様に私も彼を怖がった。彼は大きな、文字も読めないケダモノだった。以前チェサピーク湾で牡蠣（かき）泥棒をしていたし、シンシン刑務所[*1]で五年の刑期を終えた前科者だった。どこから見ても愚かな、肉食のケダモノだった。彼はよく開いた格子から通廊に飛びこんでくるツバメを罠をかけて捕まえていた。捕まえると、それを急いで自分の部屋に持っていく。

私は彼がツバメの骨をバリバリかじり、羽をつばとともに吐き出しながら、なまのまま食べているのを見たことがある。こんな男の秘密をどうして他のホールマンにいえるだろう。彼が十六ドル持っていることなどこれまで一度だっていったことはない。

しかし、私は彼からも同じように貢物（みつぎもの）を取った。彼は〝女性刑務所〟にいるある女性の囚人に惚れていたが、読み書きが出来なかったので、いつも私が彼女からの手紙を読んでやったり、返事を書いてやったりしたのだ。

他の場合と同じように、私もこれで彼から手数料を払ってもらっていた。我ながらなかなかうまい手紙だった。私は熱を入れ、最善を尽くし、さらにそれ以上のこともした。私は彼にかわって彼女をくどいた。もっとも私の見るところ、彼女が恋をしていたのは彼ではなく、手紙の書き手だったが。繰り返しになるが、私が書いた手紙はたしかに素晴らしいものだった。

私たちホールマンのもうひとつの役得は〝火口（ほくち）をまわす〟ことだった。私たちはこのボルトと格子の鉄の世界のなかでは最高のメッセンジャーであり、火を与える者だった。囚人たちは夜、仕事から戻ってきてまた部屋に閉じこめられる。

彼らはタバコを吸いたくなる。そこで私たちが聖なる火をよみがえらせ、くすぶる火口を持って部屋から部屋へと廊下（ギャラリー）を走る。

賢い囚人や、私たちとうまくやっている囚人は、自分の火口を持って火がつけられる

＊1　ニューヨーク州オッシニングにある、有名な州立刑務所。一八二四年開所。

のを待っている。しかしみんながこの神聖な火をもらえるわけではない。手数料を払わないやつは、火をもらえず、タバコを吸えないままにベッドにつかなければならない。しかしそんなことはこちらの知ったことではない。私たちは結局はやつらの首根っこをしっかりと押さえつけている。生意気なことをいったら引きずり出して〝罰〟を与えてやる。

これがホールマンのやり方だった。ホールマンは十三人いた。私たちの通廊(ホール)の囚人の数は約五百人。そこで私たちは仕事をし、秩序を保つことになっていた。秩序維持は本来は看守の仕事だが、それを私たちが請け負っていた。秩序を保てるかどうかは私たち次第だった。

出来なければホールマンをクビになり、重労働に戻される。たいていは地下牢のおまけつきだ。しかし秩序を維持している限りは私たちは特別の役得にありつける。

女性刑務所との通信

少し辛抱してこの問題に付きあっていただきたい。

刑務所には五百人のケダモノがいて、その上に私たち十三人のケダモノがいる。刑務所というところは生き地獄のようなもので、そのなかで秩序を保つことが私たち十三人にゆだねられている。ケダモノの性格を考えれば私たちがやさしさで秩序を保つのは不可能だから、恐怖で支配する。

もちろん私たちの後ろには看守が控えている。危険な状況におちいったときは彼らに助けを求める。しかし、彼らを頼ってしょっちゅう助けを求めたら、看守は私たちよりもっと仕事の出来る模範囚を代わりに持ってくるだろう。そうならないよう私たちは看守の助けはめったに求めない。たまにそうすることがあっても、ごく大人しいやり方でする。手に負えない反抗的な囚人がいると、看守を呼んでその男を部屋に閉じこめてもらう。

看守はただドアに鍵をかけるだけで、あとはなかで行なわれることを見ないようにその場を立ち去ってしまう。そこで六人ほどのホールマンが部屋のなかに入り、その囚人を叩きのめす。

囚人に暴力を振るうことについてはくわしく話したくない。結局、そんなことはエリー郡刑務所で行なわれているささやかな、活字に出来ない恐怖のひとつにしかすぎない。「活字に出来ない」と私はいったが、公平にいえば「考えられない」というべきだろう。暴力を実際に自分の目で見るまで、それは私には「考えてみたこともなかった」ことだった。

しかし私は、人間の堕落(だらく)というおそろしい海の底の世界でただの青二才ではなかった。エリー郡刑務所の深い底に到達するにはおもりを深く下ろす必要があるだろう。私としてはそこで見たことの表面だけを軽く、ユーモラスに描くしかない。

ときどき、朝、囚人たちが顔を洗いに来るとき、私たち十三人が彼らの真ん中に取り囲まれるような状況になる。彼らは一人残らず私たちに仕返しをしたいと思っている。五百人対十三人。これでは恐怖による支配しかない。私たちはどんな小さなルール違反も、傲慢(ごうまん)な態度も許さない。許したら負けだ。私たちのやり方は、囚人が少しでも口答えしたらすぐに殴ることだ――強く殴る、どんな武器でも殴る。ほうきの柄で顔を殴ると効果がある。

相手はすぐに無抵抗になる。しかしこれがすべてではない。そういう男は見せしめにしないといけない。そこで次のやり方は、その男に襲いかかり、追いつめる。もちろんその際には、目の届くところにいる他のホールマンがみんなかけつけてその懲罰(ちょうばつ)に加わってくれるという安心感がある。これも私たちの決まりだ。つまり、一人でもホールマンが囚人にてこずったら、たまたまそばにいた他のホールマンは手を貸さなければならない。もめごとの内容などどうでもいい――ともかく襲いかかって殴りつける。武器はなんでもいい。要するにその囚人を叩きのめす。

二十歳くらいのハンサムなムラート[*2]のことを覚えている。彼は自分の権利のために闘うべきだと考えた。頭がどうかしていたのだ。たしかに彼にも権利はあった。しかしそんなことは何の役にも立たなかった。

彼はいちばん上の階にいた。ホールマンが八人で彼の思い上がった考えを奪い取るには一分半ほどもあれば充分だった。彼はなんとか逃げようとして廊下の端に行き、鉄の階段を五段下りた。彼は這って逃げようとしたが、ホールマンは手をこまねいてはいなかった。ムラートは私が立って見ているコンクリートの床に身体を叩きつけられた。なんとか起き上がろうとして一瞬ちゃんと立った。両腕を大きく広げ、恐怖と苦痛と悲痛のおそろしい叫び声をあげた。同時に、早変わりの場面のように、ボロになった彼の囚人服が身体から落ちた。あとにはまる裸で、身体のあちこちから血を流している男だけが残った。

それから彼は、どさっと倒れると意識を失った。彼はひとつ教訓を学んだのだ。彼の悲鳴を聞いた囚人たちもみんなそうだ。私も自分の教訓を学んだ。人間がわずか一分半で叩きのめされるのを見るのは心地のよいものではない。

次に、私たちホールマンがタバコの火を与えてやって役得を集めるやり方を説明しよう。新入りが一列になって部屋に入ってくる。ホールマンは火口を持って格子の前を通り過ぎる。「おい、ダチ公、火をくれ」と声がかかる。これはその男がタバコを持って

＊2　黒人と白人の混血の人。最初、この呼称はラテンアメリカの黒人と白人の混血の人たちに対して使われた。

いることを意味する。ホールマンは火口を差し入れてやり、向こうに行ってしまう。少ししてまた戻ってくると、何気なく格子に寄りかかる。「なあ、ダチ公、タバコを少し恵んでくれないか?」。それだけでいい。

その男が駆け引きがわからないような馬鹿なら、おそらく、タバコはもうないという。それならそれでいい。そいつに同情して、向こうへ行ってしまう。しかし、その男の火がどうせ一日もたないことはわかっている。

次の日、部屋の前を通ると、男はまた、「火をくれ」という。そこでこういってやる。「タバコがないんだから、火なんかいらないだろ」。そういって火をやらない。三十分後、あるいは、一、二、三時間後、また部屋の前を通る。こんどは男がていねいな口調で声をかける。

「こっちに来てくれ」。そこで彼に近づいて格子から手を入れる。手には貴重なタバコが何本も握られる。そこでその男に火をやる。

しかし、時折、役得が通用しない新入りが入ってくることがある。その男は所内で丁重に扱われているらしいという噂が流れる。噂の出所は私にはわからない。たしかなのは、その男は〝コネ〟を持っているということだ。

ホールマンより上の人間とコネがあるのかもしれない。所内の別のところにいる看守の一人とコネがあるのかもしれない。あるいは、その男がいい待遇を受けているのは、もっと上の人間にワイロを渡したためかもしれない。いずれにせよ、トラブルを避けたいと思ったら私たちは彼を丁重に扱うしかない。

私たちホールマンは、仲介人であり所内の共通の運び屋だった。私たちは、所内のあちこちに収監されている囚人たちのあいだの取引をお膳立て(ぜんだ)し、交換の手助けをする。そのうえ、手数料を取ったり取られたりする。時折、取引のモノが六人ものホールマンの手を通さなければならないときがある。六人それぞれが手数料を取る。あるいは何らかの形でその労に対し代償が支払われる。

借りを作るときもあるし、貸しを作るときもある。私がこの刑務所に入ったとき、私は私の所持品をひそかになかに持ち込んでくれた囚人に借りがあった。一週間かそこらして、ボイラー係の一人が一通の手紙を私の手に渡した。散髪係からボイラー係に渡されたものだった。

散髪係はそれを、私の所持品を持ちこんでくれた囚人から預った。私は彼に借りがあるからその手紙を運ぶ役を引き受けなければならない。手紙を書いたのはその囚人ではなく、同じ通廊(ホール)にいるある長期服役者だった。

手紙は女性刑務所にいるある女性の囚人に渡すようになっていた。その女性が手紙の受取人なのか、あるいは彼女もじゅずつなぎになった仲介者の一人なのかは私にはわからない。私にわかっているのは彼女がどういう顔をしているかだけで、彼女の手に手紙を渡せるかどうかは私の腕次第だった。

二日過ぎた。そのあいだ私は手紙を自分で持っていた。やっとチャンスが来た。女性の囚人たちは、所内の囚人服の修理の仕事をしている。私たちホールマンの何人かが女性刑務所に行って、囚人服を入れた大きな包みを取ってこなければならない。

私は牢名主に頼んでその役をまわしてもらった。ドアが次々に開けられ、私たちは通路を縫うように進んで行って、女性刑務所に行った。大きな部屋に入ると、そこでは女たちが座って服の修理をしていた。

私は目で、手紙の届け先の女を探した。彼女を探し出すと、そこへ近づいた。目つきの鋭い女看守が二人、あたりを見張っている。私は手紙を手のひらにのせ、こちらの意図をその女に伝える。彼女はすでに私が何かメッセージを持っていることに気づいている。予想していたに違いない。そして私たちが部屋に入ってきたときに、誰がメッセンジャーなのか見定めていたのだ。

しかし、女看守の一人が彼女から二フィート足らずのところに立っている。他のホールマンたちはすでに包みを持って部屋を出ようとしている。時間がない。私は、さも包みの縛り方がゆるいようなふりをして時間を稼ぐ。女看守が目をそらしてくれないか？それとも私の仕事は失敗に終わるのか？

ちょうどそのとき、一人の女が、ホールマンの一人にちょっかいを出した——足を出してつまずかせたか、つねったか、何かそんなことをした。女看守はそっちのほうに目をやり、その女をきつく叱った。彼女が女看守の目をそらすためにわざとやったことかどうかはいまでも私にはわからない。しかし、これがチャンスだったことは間違いない。目当ての女性は、膝の上にあった手を脇に落とした。私は包みを拾い上げようとかがみこむ。かがみこんだ位置から私は手紙を彼女の手にすべりこませる。そしてかわりに彼女から手紙を受け取る。

次の瞬間、包みは私の肩にある。女看守の監視の目は私に戻る。私が最後になっているからだ。私は急いで行って他のホールマンに追いつく。その女から受け取った手紙を私はボイラー係に渡した。そのあと手紙は、散髪係、私の所持品を持ち込んでくれた囚人の手を経て、最後に長期服役者の手に渡った。

私たちはそうやってよく手紙を運んだが、通信網が複雑すぎて、誰が手紙の送り手なのか、受け手なのかよくわからなかった。私たちは長くつながった鎖のひとつの環(わ)でしかなかった。

どこかで、どういう方法かで一人の囚人がどこからかの一通の手紙を私に手渡す。それには手紙を次の鎖の環に渡すように指示が付いている。こうした仕事はいずれあとで報酬が支払われる仕組みになっている。手紙を運ぶ際、書いた本人と直接会って、報酬を受ければいい。

刑務所全体がこうしたコミュニケーションのネットワークで結ばれていた。そしてこのネットワークは資本主義社会の仕組みを真似て作られていたから、それに組みこまれている私たちは、当然、仕事を頼んでくる囚人から高い手数料を厳しく取り立てた。こういう仕事は見返りをあてにしたものなのだ。ときどきは見返りを求めずに仕事をすることもあったが。

発作を起こす少年

私は刑務所にいたあいだずっと、わが相棒と強く結びついていた。彼は私のためにたくさんのことをしてくれたが、かわりに彼は私にも多くのことを期待していた。

刑務所を出たら私たちはいっしょに旅しようといっていた。そしてもちろんいっしょに〝盗み〟を働く。相棒は犯罪者だったからだ――といっても第一級の犯罪者ではなく、盗み・強盗・押しこみ、それに追いつめられたら殺人もやりかねない、というようなけちな犯罪者だった。

何時間も静かに座って私たちは語り合った。彼はいずれ近い将来、二、三の仕事を考えていた。私もその仕事に関わることになっていて、いっしょにこまかく計画を立てた。私はそれまで犯罪者とともに暮らし、彼らをずいぶん見てきたから、相棒は、私が三十日間ずっとウソをついていて、彼を騙していたとは夢にも思っていなかった。

彼は私をいい仲間だと思っていた。私が馬鹿ではないから気に入っていたし、私のことを人間としても気に入っていたと思う。もちろん私のほうは、彼の仲間になって、いやしい、けちな犯罪をするつもりはまったくなかった。

しかしだからといって彼と付き合っていることで得られるうまみのあることをすべて捨ててしまうほど私は愚かではなかった。地獄の熱い溶岩の上にいたら自分の好きな道を選び取ることは出来ない。エリー郡刑務所の私がまさにそうだった。

私は〝悪党仲間〟といっしょにいるか、それともパンと水だけで重労働をするか、どちらかだった。そして悪党どもといっしょにいるには、相棒とうまくやっていくことが必要だった。

刑務所での生活は単調ではなかった。毎日のように何かが起きた。誰かが発作を起こす。頭がおかしくなる。ケンカをする。ホールマンが酔っ払うこともある。ひらのホールマンにロバー・ジャックという男がいた。彼は私たちのなかのスター的存在の〝酔っ払い〟だった。

本物の〝プロ〟〝すごいやつ〟で、権威あるホールマンからあらゆる自由を与えられていた。第二ホールマンのピッツバーグ・ジョーは、よくロバー・ジャックといっしょに酔っ払った。二人は、〝とことん飲んだくれ〟ても逮捕されないのはエリー郡刑務所だけだといっていた。真相はわからなかったが二人が飲んでいたものは、医務室からかっぱらってきた臭化カリウムということだった。二人が何を飲んでいるかは正確にはわからなかったが、確かなのは二人がときどき、へべれけに酔っ払っていたことだった。われわれの通廊（ホール）はひどいシチューのようなところだった。社会のガラクタや汚物、かすやくずであふれている——。親の代からの出来損ない、変質者、落ちこぼれ、精神異常者、頭のおかしいやつ、発作持ち、モンスター、弱虫、つまりは人類の悪夢だった。だから混乱がしょっちゅう起こった。発作は伝染するようだ。一人が発作を起こすと、他の連中もそれに続く。私は、七人が同時に発作を起こし、その叫び声であたりがぞっとする光景になったのを見たことがある。それにつられて他の多くの者たちも暴れだし、わけのわからないことをいって騒ぎたてるのだ。

発作を起こした人間には冷たい水をかける以外に手だてはない。医学生や医者を呼びにやっても無駄だ。彼らはこんなつまらない、しょっちゅう起こる騒ぎに関わりたくないのだ。

十八歳ぐらいのオランダ人の少年がいた。彼がいちばんよく発作を起こした。一日に一回は発作を起こす。そのために私たちは、私の部屋よりずっと下の一階に彼を閉じこめた。彼が刑務所の作業所で何回か発作を起こすと、看守はもうそれに関わるのが嫌になり、彼を一日じゅう部屋に閉じこめた。

同室のロンドン子（コックニー）が彼のそばに付くことになった。だからといってロンドン子が役に立ったというのではない。オランダの少年が発作を起こすたびにロンドン子は恐怖にとらわれ、混乱をきたしてしまった。

オランダの少年はひとことも英語を話せなかった。彼は農夫の子どもで、誰かとケンカをした罰で九十日の服役となっていた。彼は発作の前にまず吼えた。まるで狼のように吼えた。

また発作が起きると身体がまっすぐに立った。それは彼には不都合なことだった。最後には結局、頭から床に倒れてしまうからだ。私は長い、狼のような吼え声が高まるたびにいつも、ほうきをつかんで彼の部屋へかけつけた。模範囚でも部屋の鍵を持つことは許されていなかったので私はなかに入って彼に近づくことは出来なかった。

彼は狭い部屋の真ん中に立って、けいれんするように震えている。目は黒目がひっくりかえってしまい白目しか見えない。そして魂を失ったように吼えている。頼んではみたもののロンドン子は手伝ってくれなかった。オランダの少年が立って吼えているあいだ、ロンドン子のほうは上のベッドでうずくまって震えていたからだ。

彼は恐怖にひきつった目で、黒目をひっくり返し、吼え続けるこの恐しい生き物をじっと見ている。この哀れなロンドン子にもそれはつらい体験だった。彼自身の理性もどうかなりそうだったが、彼が発狂しなかったのは不思議だった。

私に出来ることはほうきで最善を尽くすことだけだった。格子のあいだからほうきを押しこんで、オランダの少年の胸に向け、そして待つ。

発作の絶頂が近づいてくると、彼は身体を前後に振り始める。私はほうきの位置を彼の動きに合わせて動かす。彼がいつ頭から床に倒れるかわからないからだ。

しかし彼が倒れる寸前に、私はなんとかほうきで彼の身体を支え、床にばたっと倒れる衝撃を和らげようとする。

私は必死になってほうきを動かすのだが、結局、彼はいつも激しく床に倒れてしまう。そのために顔を石の床で傷つけてしまう。床に倒れ、けいれんの身もだえが始まると私は、バケツ一杯の水をかける。

冷たい水がいいかどうかはわからないが、発作を起こした囚人に水をかけるのはエリー郡刑務所の習慣になっていた。他にどうしてもやれないのだ。彼は一時間かそこら濡れたまま床に倒れている。そして自分のベッドに這って戻る。看守のところへ助けを求めに走っても意味はなかった。発作を起こした囚人など看守にはなんの意味がある？

この隣りの部屋には、変わり者が入れられていた。バーナム・サーカス[*3]の残飯捨ての樽から残飯を食べたという罪で六十日間の服役になっていた。少なくとも彼の話ではそうだった。彼は頭がひどくおかしかったが、はじめは穏やかで大人しかった。

彼が刑務所に入れられたのは、彼の話によると――、道に迷ってサーカスをやっているところへやってきた。腹が減っていたので樽が置いてあるところへ行った。樽にはサーカスの団員のテーブルから出た残飯が入っていた。「それがとてもうまいパンだった」と彼はよく私にいった。「肉は見当たらなかった」。警官が彼を見つけて逮捕した。それで刑務所に入れられたというわけだ。

一度、彼の部屋の前を通ったとき、手に一本の硬く、細い針金を持っていたことがあった。

それを見ると彼はしきりに欲しがったので、私は格子のあいだから彼に渡してやった。すると彼はまたたくまに、道具を使わず指だけで、針金を短く切り、それを曲げて、実にみごとな安全ピンを六個作り上げた。ピンの先は、石の床でとがらせた。それ以来、私は安全ピンでうまい商売をやった。彼に針金の材料を与え安全ピンを売り歩く。彼は安全ピンを作る。

報酬として私は彼に、パンの割り当てをふやしてやる。ときどきは肉の厚切りや、なかに髄の入ったスープ用の骨を一本やる。

しかし彼は、刑務所暮らしがこたえるようになり、日々、暴力的になった。ホールマ

＊3　興行師P・T・バーナム（一八一〇〜九一）が主宰したサーカス。初代大統領の乳母やフィジーの人魚などの見世物興行で成功を収めたバーナムは、一八七一年に見世物と曲馬団を合わせたサーカスを組織し、全米を回った。

ンたちは面白がってからかった。彼らは、彼の弱い頭に、お前には大きな財産が残されているといったウソの話を吹き込んだ。

お前が逮捕されて刑務所に送られたのは、誰かがその財産を奪おうとしているからだ。もちろん、彼自身にもわかっていたことだ、樽の残飯を食べるのを禁じる法律などない。だから彼が刑務所に入れられているのは不当だった。それは彼から財産を奪う陰謀というわけだった。

私がはじめて彼がからかわれているのを知ったのは、ホールマンたちが彼にいったデタラメの話のことで大笑いしているのを聞いたときだった。次に、彼は私に大真面目に相談を持ち込んだ。彼は財産のこと、それを奪おうとする陰謀のことを話し、私を彼の探偵に任命した。私は彼を落ち着かせようと最善を尽くした。

遠まわしに彼が間違っているといい、正当な財産の相続人はたまたま彼と同じ名前の別の人間だといった。私は彼を落ち着かせたが、ホールマンたちが彼に近づくのを防ぐことは出来なかった。彼らはいっそうひどいウソを吹き込んだ。ついには、暴力沙汰のあと、彼は私を投げとばすと、私の私立探偵の身分を取りあげ、ストライキに入った。

私の安全ピンの商売は終わった。彼はもう安全ピンを作るのを拒否し、私が通りかかると鉄格子のあいだから材料を私に投げつけた。

私は彼と仲直りが出来なかった。他のホールマンが彼に、私は陰謀をたくらんでいる連中に雇われた探偵だといったからだ。そして彼らはウソの話でいよいよ彼の頭をおかしくしていった。彼はウソの悪だくみに苦しめられ、ついには危険な、殺人でもおかしかねないほどになった。看守たちは、百万ドル盗まれたなどという彼の話には耳を貸さなかった。彼のほうは看守たちが陰謀に加わっていると非難した。

ある日、彼は看守の一人に熱い湯の入っている小鍋を投げつけた。それでどうしてこんなことになったのか調査が行なわれた。刑務所長が格子ごしに数分間彼と話をした。それから彼は診察を受けに医者のところへ連れて行かれた。彼は二度と戻ってこなかった。ときどき私は、彼は死んだのか、それともどこかの精神病院でまだあの数百万ドルのことでわけのわからないことをいっているのか気にかかる。

とうとうその日がやってきた。私の釈放の日だ。その日は、第三ホールマンも釈放になった。

塀の外では彼にかわって私が手紙を書いてやったあの短期服役の女性が待っていた。彼らはいっしょに立ち去っていった。いかにも幸福そうだった。わが相棒と私はいっしょに釈放され、いっしょにバッファローまで歩いていった。二人いっしょに仕事をするのではなかったか？　私たちはその日いっしょに〝大通り〟で小銭の物乞いをした――稼いだ金でビールの〝ジョッキ〟を飲んだ――このジョッキ（Shupers）という単語の本当のスペルはわからないが、ともかく発音はこのスペルどおりで、〝ジョッキ〟一杯が三セントだった。

私はずっと相棒から逃げ出す機会をうかがっていた。通りで会ったホーボーからうまく、ある貨物列車の発車時刻を教えてもらった。私はそれに合わせて残りの時間を計算した。出発の時間が来たとき、相棒と私はある酒場にいた。泡立つジョッキが二杯私たちの前にあった。私は彼に別れの言葉をいいたかった。彼は実によく私の面倒を見てくれた。しかし思い切ってそうすることが出来なかった。私は酒場の裏口から抜け出て、柵を飛び越えた。こっそりとすばやく彼から立ち去ってしまった。

数分後には私は貨物列車に乗り、西ニューヨーク・ペンシルヴェニア鉄道で南へ向かっていた。

6　最高の放浪者

夜も毛布なし

放浪しているあいだ、私は何百人というホーボーと出会った。私が声を掛けることもあったし、彼らのほうから声を掛けてくることもあった。私たちはいっしょに給水タンクのところで列車が来るのを待ったり、〝洗濯(ボイル・アップ)〟したり、〝肉と野菜のごった煮(マリガン)〟を作ったり、〝通り〟や〝個人の家〟で〝物乞い〟をしたり、列車にうまくただ乗りしたりした。たいていは行きずりのホーボーで、二度と会うことはない。一方、いったんは別れても、また驚くほど頻繁に出会うホーボーもいるし、幽霊のように近くを通り過ぎ、すぐ近くにいるのに姿が見えず、ついに一度も出会ったことのないホーボーもいる。

三千マイルも鉄道の旅を続け、カナダを完全に横断しながらあとを追いかけたにもかかわらずついにその姿をとらえることが出来なかった男は、そんなホーボーの一人だ。

男の〝あだ名〟はスカイスル（帆船の帆）・ジャックといった。その名前をはじめて見たのはモントリオールでだった。ジャック・ナイフで給水タンクに帆船の帆の絵が刻みつけられていた。みごとな出来栄えだった。絵の下には〝スカイスル・ジャック〟、上には〝B・W・9―15―94〟とある。その言葉の意味は、彼が一八九四年九月十五日、西に向う（バウンド・ウエスト）途中、このモントリオールを通ったということ。私より一日先を行っている。当時、私のあだ名は〝セイラー（船乗り）・ジャック〟だったので、私はすぐに彼のに並べて自分のあだ名をナイフで刻みこんだ。日付と、私も西に向かっているという情報も忘れなかった。

次の百マイルはついていなかった。八日後にやっとオタワの西三百マイルのところでスカイスル・ジャックが通ったしるしを見つけた。やはり給水タンクに刻みつけられていた。日付を見ると彼も私と同じように遅れている。私より二日先を行っているだけだ。私は旅のうまい〝彗星（すいせい）〟、〝最高の放浪者〟といわれていたが、どうやら彼も同じらしい。こうなると意地と面子（メンツ）にかけて彼に追いつかなければならない。

私は、昼も夜も〝列車に乗った〟。そして彼より先に出た。次には彼が抜き返す。彼が一日、二日先に行くこともあるし、私が先になることもある。彼が先になっているとき、ときどき、すれ違うホーボーたちから彼の噂を聞いた。それによると彼は、セイラー・ジャックに興味を持っていて、私のことをあれこれ聞いたという。

私たちはいっしょになったらいいコンビになったろう。しかし、どうしても出会えなかった。マニトバを通過するときまでは私が先に行っていたのに、アルバータを通過するときには彼のほうが先になっていた。

そして、ある寒い灰色に曇った朝、キッキング・ホース峠[*1]のすぐ東のある管区の終わりで、前の晩、キッキング・ホース峠とロジャース峠[*2]のあいだで彼の姿を見かけたという話を聞いた。

その情報を聞いたのは少し面白いことがあったからだった。その管区に着くまで、私はひと晩じゅう〝サイドドア・プルマン列車〟（有蓋貨車）に乗っていた。そのために寒さで凍え死にそうになっていた。なんとか列車から這い出ると食べものを恵んでもらいに町へ出かけた。凍りつくような霧があたりを漂っている。私は、扇形機関車車庫[*3]で見かけた船乗りたちに〝物乞い〟をした。彼らは弁当の残りものをくれ、さらに、たっぷり一クォート（約〇・九五リットル）はある〝ジャワ（コーヒー）〟をくれた。コーヒーを温め、座って食べようとしたとき、貨物列車が西からやってきた。見ると、横のドアが開いて子どもの放浪者が降りてくる。彼はあたりを漂う霧のなかを足をひきずりながら私のとこ

＊1　カナディアンロッキーの難所の峠。バンフ国立公園内にある。

＊2　バンクーバーに下りていくカナダ太平洋鉄道の最後の難所。ロジャース山（三二一六九ｍ）の鞍部を越える。

＊3　機関車を方向転換させるために、機関車を円形の台座の上に載せ、その台座を回転させる転車台がある、扇形をした機関車の車庫。

ろへ近づいてきた。寒さのために身体（からだ）をこわばらせている。唇は青い。私は彼にコーヒーと食べものを分けてやった。

そしてこの子どもからスカイスル・ジャックのこと、彼自身のことを聞いた。なんとこの子どもは、私の故郷カリフォルニア州オークランド[*4]の出身で、ホーボー仲間にはよく知られたブー・ギャングのメンバーだった——この連中とは私もときどきいっしょになる。私たちはそのあとの半時間、話に熱中し、食べものにぱくついた。それから私の貨物列車がやってきたのでそれに乗り、スカイスル・ジャックを追って西に向かった。

私は峠と峠のあいだで遅れ、二日間食べものなしで過ごし、三日目にようやく十一マイルほど歩いてどうにか食べものを手に入れた。そんな状態でもブリティッシュ・コロンビア州のフレイザー川あたりでうまくスカイスル・ジャックより先になった。私は〝客車〟に乗って急いだが、彼も同じように客車に乗ったにちがいない。それに私より運もいいし腕もいいのだろう、私より先にミッションの町に着いた。

ミッションはバンクーバーの東四十マイルにある乗換駅だ。ここからノーザン・パシフィック鉄道[*5]でワシントン州・オレゴン州経由で南に行くことも出来る。私はその時点では自分のほうが先に着いたと思っていたので、ここからスカイスル・ジャックが西に向かうのか南に向かうのか考えた。私自身はこのまま西に進んでバンクーバーに行く予定だった。私は自分の情報を残して置こうと給水タンクのところへ行った。なんとそこには刻みつけられたばかりのスカイスル・ジャックの名前と日付があった。

私はバンクーバーへ急いだ。しかし彼の姿はもうなかった。バンクーバーからすぐに船に乗り、さらに西に向かい世界冒険の旅に出て行ったのだ。スカイスル・ジャック、君こそが〝最高の放浪者〟だ。君の相棒は〝世界を漂う風〟だ。君には脱帽する。君は〝本物〟だ。

一週間後、私も船を見つけた。船乗りとして働きながら汽船ユーマテイラ号に乗り、海岸沿いにサンフランシスコへ行った。スカイスル・ジャックとセイラー・ジャック――二人がコンビを組むことが出来たなら！

給水タンクは放浪者の伝言板の役割を果たしている。放浪者は決して退屈しのぎの気まぐれからではなくまじめに自分たちのあだ名、日付、そして行き先を給水タンクに刻みつける。

私は何度も、どこかの給水タンクでこれこれの〝やつ〟とか、あだ名を見なかったか

＊4　サンフランシスコ湾を挟んで、サンフランシスコの向かい側にある町。ゴールド・ラッシュ中の一八五〇年に建設され、五四年から市制を施行している。

＊5　スペリオル湖畔のダルースと太平洋岸のシアトル、ポートランドを結ぶ大陸横断鉄道で、一八六四年に建設認可が下りて建設を始め、八三年に完成した。

と聞かれたことがある。それに対し、もっとも新しい日付の入ったあだ名、それを見かけた給水タンク、その男が向かっている方向などを教えてやったことも一度ならずある。すると私から情報を聞いたそのホーボーはすぐに自分の友人のあとを追いかけて旅立つのだ。私は、友人に追いつこうとして大陸を往復して横断し、いまもなお旅しているホーボーにも何人か会ったことがある。

〝あだ名（モニカ）〟というのは、仲間からつけられるもので、ホーボーがそれでいいと思ったり受け入れたりすると、それが定着する〝通り名〟のようなものだ。たとえば、リアリー・ジョーというあだ名の男は、臆病（おくびょう）だったから仲間にそう呼ばれるようになった（Leary は臆病、用心深いの意）。あだ名は仲間がつける。誇り高いホーボーだったら自分からスチュー・バム（まずいシチューばかり食べているやつ）なんていわないだろう。つまらない仕事をして働いていた過去を思い出すのが好きなホーボーなどまずいないから、職業からとったあだ名というのはめったにない。それでもこんなのを覚えている。鋳型工（いがたこう）ブラッキイ、ペンキ屋レッド、配管工シャイ、ボイラー屋、船乗り坊や、印刷屋ボウ。ちなみにシャイはシカゴの隠語である。

ホーボーの好きなあだ名のつけ方は、出身地を入れることだ。たとえば、ニューヨーク・トミー、パシフィック・スリム、バッファロー・スミジイ、キャントン・ティム、ピッツバーグ・ジャック、シラキューズ・シャイン、トロイ・ミッキー、K・L・ビル、コネティカット・ジミーがある。〝働いたこともなければ、働くつもりもないヴィネガー・ヒル出身のスリム・ジム〟というのもある。

〝シャイン〟とはふつう黒人のことで、顔の輝きからそう呼ばれるのだろう。テキサス・シャインとかトレド・シャインは人種と出身地の両方をあらわしている。

人種をあらわす言葉があだ名になったもので覚えているものには、フリスコ（サンフランシスコ）・ユダヤ、ニューヨーク・アイリッシュ、ミシガン・フレンチ、イングリッシュ・ジャック、コックニイ（ロンドン子）・キッド、ミルウォーキー・ダッチ（オランダ人）がある。

また持って生まれた顔の色であだ名がつけられる者もいる。シャイ・ホワイティ、ニュージャージー・レッド、ボストン・ブラッキイ、シアトル・ブラウニイ、それにイエロウ・ディックにイエロウ・ベリイ——この最後のやつはミシシッピ生まれのクレオール人[*6]で、そんなあだ名がついた。

テキサス・ロイヤル・ハッピー・ジョー、バスト（のんだくれ）・コナーズ、バーリー（頑丈な）・ボウ、トルネード（竜巻）・ブラッキイ、それにタッチ（せびり屋）・マッコールはそれぞれ想像をたくましくして名前をつけかえたものだ。想像力に欠ける場合は、身体の特徴からあだ名がつけられる。

＊6　「クレオール」は多様な意味を持つ言葉だが、ここではルイジアナ州で生まれたフランス系の移民を指す。

バンクーバー・スリム(やせ)、デトロイト・ショーティ(ちび)、オハイオ・ファッティ(でぶ)、ロング・ジャック(のっぽ)、ビッグ・ジム、リトル・ジョー、ニューヨーク・ブリンク(まばたき)、シャイ・ノウジイ(でか鼻)、ブロウクンバックト(背骨の折れた)・ベンなどがそうだ。

その他に子どもの放浪者がいる。彼らはいろいろなあだ名をつけて楽しむ。たとえば、バック(元気な)・キッド、ブラインド・キッド、ミゼット・キッド、ホリイ(聖なる)・キッド、バット(こうもり)・キッド、スウィフト(すばしこい)・キッド、クーキイ(抜け目ない)・キッド、モンキー・キッド、アイオワ・キッド、コーデュロイ・キッド、オラター(説教屋)・キッド(彼はたまたまあだ名の由来をいえた)、リッピイ(生意気な)・キッド(実際、この子どもは態度が大きく、そこからこのあだ名になった)などがある。

十二年前、ニューメキシコ州のサン・マーシャルの給水タンクに次のようなホーボーの伝言が刻まれていた。

(1) 大通り　よし
(2) デカ　悪くなし
(3) 扇形機関車車庫(ラウンド・ハウス)　眠るのによし
(4) 北行き列車　だめ
(5) 個人の家　だめ

(6)　レストラン　コックのみよし

(7)　鉄道宿舎　夜間労働のみよし

(1)は、この町の大通りで金を恵んでもらうのはまあよし、という意味だ。(2)は、警官がホーボーにうるさくいわない。(3)は、扇形機関車車庫（ラウンド・ハウス）で眠れる。しかし(4)の意味は、あいまいだ。北行き列車は、ただ乗りが難しいともとれるし、物乞いが難しいともとれる。(5)は、個人住宅では食べものをもらえない。(6)は、料理の出来るホーボーだけがレストランで食べものにありつける。(7)は、厄介だ。鉄道宿舎に行けばどんなホーボーでも夜、食べものがもらえるのか、それとも、料理の出来るホーボーだけが夜食べものをもらえるのか。あるいは料理が出来る出来ないに関係なく、夜、鉄道宿舎のコックを手伝ってゴミを捨てたりしたらどんなホーボーでもその報酬として食べものがもらえるのか。私にはわからない。

しかし、それはともかく夜移動するホーボーたちに話を戻そう。

カリフォルニアで会ったホーボーのことをよく覚えている。彼はスウェーデン人だった。しかし、アメリカに住んで長いので、どこの国の人間か誰にも見当がつかない。彼の口から聞くしかない。実際、彼がアメリカに来たのはまだほんの赤ん坊のころだった。私が彼にはじめて出会ったのはトラッキーという山のなかの町でだった。「どっちへ行くんだ、相棒？」というのが挨拶の言葉だった。お互いに「東へ」と答えた。その晩、かなりの数の〝やつら〟が大陸横断列車に乗ろうとしていたので、私はうっかりそのスウェーデン人を見失ってしまった。そのうえ、列車にも乗り損ねた。

私は有蓋列車に乗ってネヴァダ州のリノの町に着いた。貨車はすぐに引き込み線に入った。日曜日の朝だった。朝食をもらいに歩きまわったあと、私はパイユート族[*7]のキャンプまで行ってインディアンが賭けごとをするのを見ることにした。するとそこにスウェーデン人が立っていた。夢中になって見物している。もちろん私たちはいっしょに旅することになった。

私にはこのあたりには彼しか知り合いはいなかったし、彼のほうも私しか知り合いがいない。私たちはずっと友だちを求めていた世捨て人のようにすぐに親しくなり、その日をいっしょに過ごし、いっしょに食事の物乞いに歩き、午後遅く、同じ貨物列車を〝捕まえ〟ようとした。しかし彼は放り出され、私ひとりが列車に乗れた。その私も二十マイル先の砂漠で列車から放り出されてしまった。

荒れ果てた土地はいろいろあるが、私が放り出されたところはとくにひどい荒れ地だった。信号停車場と呼ばれ、砂漠とヨモギのなかに捨てられたように場違いに建っている掘立小屋があるだけだった。

凍りつくような風が吹き、夜が迫っていた。掘立小屋にたった一人で住んでいる電信技手は、私を見て怖がった。これではとても彼に食べものもベッドも頼めない。あまりに私のことを怖がっている様子だったので、彼が東行きの列車はここにはとまらないといったときには、すぐにウソだと思った。

だいいち、つい五分ほど前に私が放り出されたのは、東行きの列車からではなかったか？　彼は、その列車がとまったのは命令があったからたまたまとまっただけで、次の停車命令が出るのは一年後だろうと私に説明した。そして、ワズワースの町[*8]までわずか十二マイルか十五マイルだから、町まで歩いていったほうがいいといった。しかし私は彼のいうことを聞かず、そこで待つことにし、西行きの貨物列車が二台、東行きの貨物列車が一台、その駅に停車せずに走り去っていくのを楽しんで見物した。

スウェーデン人が東行きの貨物列車に乗っているかもしれない。ワズワースまで線路を歩くかどうか決めるのは私だ。結局、そうした。電信技手はさぞほっとしたことだろう。掘立小屋は焼かれなかったし、殺されもしなかったのだから。彼はこの点で大いに私に感謝していい。

＊7　北アメリカのグレートベースン文化領域に属し、ユト・アズテク系の言葉を話す先住民。アイダホ、ユタ、ネヴァダ、アリゾナ州などの乾燥地帯に分散的に遊動生活をしていた。
＊8　リノの東にある、トラッキー川沿いの町。

六マイルほど歩いたところでいったん線路からどいて、東行きの大陸横断列車が通過するのを待った。列車は猛スピードで走っていったが、一番目のブラインド車（ドアなし貨車）の連結部分におぼろげながらスウェーデン人らしい人影が見えた。

それが、疲れの多いその何日間かで彼を見た最後になった。私は要所要所でとまりながら何百マイルにも及ぶネヴァダ砂漠[*9]を越えた。夜は、旅を速めるために大陸横断列車に乗り、昼間は有蓋貨車に乗って睡眠をとった。一年のはじめで、高地の牧草地は寒かった。平地にもあちこちに雪が積もっている。山は雪におおわれ真っ白になっていて、夜になると山から、おそろしいほど冷たい風が吹きつけてくる。長くとどまるような土地ではなかった。心やさしい読者よ、覚えていてほしいのだが、ホーボーはそんな土地を、雨風をよける場所もなく、金もなく旅し、食べものを恵んでもらうために物乞いし、そして夜は毛布なしに眠るのだ。毛布なしに眠ることがどんなにつらいかは経験してみないと分からない。

吹雪のドアなし貨車

朝早く、私はオグデンの駅に行った。ユニオン・パシフィック鉄道[*10]の大陸横断列車が東へ出発しようとしているところで、なんとかそれに乗ろうとした。機関車の先の、線路が交差し合ったところで、私は暗闇のなかで身をかがめている男に気づいた。あのスウェーデン人だった。私たちは長いあいだ別れていた兄弟のように握手した。よく見ると二人とも手に手袋をしている。「どこで手に入れたんだ?」と私は聞いた。「機関車の運転室さ」と彼が答える。「それで、君のは?」。「これは機関助手のさ」と私。「そいつがうっかりしてたんでね」

大陸横断列車が走り出したところで私たちは、ドアなし貨車の連結部分に飛び乗った。しかし、そこはひどく寒かった。列車は雪をかぶった山々のあいだの狭い峡谷を走ってゆく。私たちは身体をがたがた震わせながら、リノ、オグデン間をそれぞれどうやって旅してきたかを打ち明けあった。私は前の晩、一時間かそこらしか目を閉じていなかった。ブラインド車の連結部分はうたた寝するには心地いい場所ではない。そこで列車がとまると私は機関車の方に行った。その列車は、急な坂を越えるために〝重連〟(機関

＊9　ロッキー山脈とシエラネヴァダ山脈の間は、グレートベースンと呼ばれる広大な内陸盆地。気温差が激しく乾燥した地帯なので「砂漠」と呼んだものだが、一般にネヴァダ砂漠とは呼ばれていない。

＊10　最初の大陸横断鉄道。ネブラスカ州オマハからロッキー山脈を西へ越える鉄道路線を敷くという目的で設立され、一八六二年の立法にもとづいて連邦政府から用地と建設資金が与えられた。工事は、アイルランド人労働者によって進められ、六九年ユタ州プロモントリー・ポイントで西から鉄道を建設していたセントラル・パシフィック鉄道と結ばれた。

車が二台連結されている）になっている。

最初の機関車のいちばん前に付いている排障器(パイロット)[*11]は、〝風をまともに受ける〟から寒いに決まっている。そこで、二番目の機関車の排障器に乗ることにする。そこなら先頭の機関車が風よけになる。排障器に乗ろうとステップに足をかけたとき、そこにはすでに人がいるのに気づいた。暗闇のなかでよく見ると男の子のようだ。気持ちよさそうに眠っている。つめれば、そこに二人座れる。私は男の子を押しやって、その隣りに這い上がった。〝いい〟夜だった。制動手(シャック)たちに悩まされることはないし、すぐに私たちは眠りに落ちたのだから。一度だけ熱い炭塵(たんじん)と汽車の揺れで目がさめたが、そのときも私は男の子に身体を近づけ、機関車の咳込むような音と車輪の鋭い響きを聞きながらうとうとと眠った。

大陸横断列車はワイオミング州エヴァンストン[*12]に着いたが、そこで動きがとれなくなった。その先で事故があり、列車の残骸(ざんがい)が線路をふさいでいたのだ。

機関士の死体が運び込まれてきた。それを見れば、どんなひどい事故だったかわかった。放浪者もひとり死んだが、その死体は運ばれてこない。私は男の子に話しかけた。十三歳だという。オレゴン州のどこかにいる家族のところから逃げ出してきたところで、これから東部にいるお祖母さんの家に行く。逃げ出してきた家ではひどい目にあったという。ウソではないようだった。それに、私のような、旅の途中で出会った名もないホーボーにウソをつく必要もない。

その男の子も腕を上げていたが、まだ速く旅することは出来なかった。鉄道管区のおえら方たちは、事故の対応策として、列車をいったんバックさせ、オレゴン鉄道につながる支線に入れ、その支線を通って事故現場の向こうのユニオン・パシフィックの線路に乗せると決めた。男の子は排障器(パイロット)に乗ると、この汽車といっしょに行くといった。

スウェーデン人と私はその列車で旅を続けるのはもうご免だった。わずか十二マイルかそこら進むために、その夜またきびしい寒さにさらされるのはかなわない。おれたちは、事故が片づくまでこの町で待っている、そのあいだにうんと眠っておくと男の子にいった。

寒さのなか真夜中に見知らぬ町に一文無しで着いて、眠る場所を探すのは楽な仕事ではない。スウェーデン人は一銭も持っていない。私の全財産は十セント玉が二枚と五セント玉が一枚。私たちは町の男の子たちから、ビールが一杯五セントで、一晩中開いて

＊11　線路上の障害物を除去するために、機関車の最前部に取り付けられているもの。この排障器（パイロット）はヨーロッパや日本の機関車にも取り付けられているが、アメリカの西部を走る機関車にはこのほかにカウキャッチャーといわれるものも、取り付けられていた。

＊12　オグデンの東、ユタ州からワイオミング州に入ったところにある町。

いる酒場があると聞いた。ビールが私たちの夕食になる。ビール二杯で十セントだし、酒場にはストーヴと椅子もあるから朝までゆっくり眠れる。私たちは、酒場の光を目ざして元気よく、足もとの雪を踏みしめながら歩いた。冷たい微風が身体を吹き抜けた。

ところが悲しいことに、私は町の子どもたちがいったことを間違って聞いてしまった。ビールが五セントの店は町に一軒しかなく、私たちは違う酒場に入ってしまったのだ。しかし、私たちが入った酒場は居心地よさそうに見えた。恵みを与えてくれそうなストーヴが白熱して燃えている。座り心地のよさそうな籐の肘かけ椅子がある。しかし、いかにも愛想の悪そうな主人がいて、私たちが入ってくると、うさん臭そうににらみつけた。昼も夜も同じ服を着たままで列車にただ乗りし、煤や炭塵と戦い、ところかまわず眠る。それでいてきれいな〝格好〟でいるなんてまず無理な話だ。私たちの〝格好〟は決定的に不利だった。しかし、そんなことは気にしなかった。ズボンのポケットにちゃんと金を持っているのだから。

「ビール二杯」私は自然な調子で主人にいった。主人がビールを注いでいるあいだ、スウェーデン人と私はカウンターにもたれ、ストーヴのそばの肘かけ椅子にひそかに熱い視線を送った。

酒場の主人は泡立つビールのグラスを二つ、私たちの前に置いた。私は誇らし気に十セント玉を置いた。そこで私は窮地におちいった。値段が違うといわれたらすぐにも私は十セント玉をもう一枚出しただろう。あとには五セント玉一枚しか残らず、見知らぬ町で過ごすことになってもかまわない。ともかくはっきり間違いがわかればすぐにも正しい金額を払っただろう。しかし主人は私に間違いを正すチャンスをくれなかった。彼は私が置いた十セント玉を見ると二つのグラスを片手に一つずつ持つと、ビールをカウンターのうしろの流しに空けてしまった。同時に私たちを憎々しげににらむといった――。

「お前の鼻にかさぶたができてるぞ。鼻にかさぶたができてる。鼻にかさぶた。見ろ！」

私の鼻にかさぶたなどできていない。スウェーデン人もそうだ。私たちの鼻はどこも悪くない。彼のその言葉は文字通り受け取るとなんのことかわからなかったが、彼が何をいおうとしているのかははっきりわかった。彼は私たちの格好が気に入らないのだ。そしてビールはグラス一杯が十セントだった。

私は十セント玉をもう一枚取り出すとカウンターの上に置き、何気ない調子でいった。

「五セントで飲ませてくれる店だと思ったもので」

「お前さんの金はここじゃ使えない」と彼は二枚の十セント玉をカウンター越しにこちらに押しやりながらいった。

がっくりきて私は金をポケットに入れた。私たちは未練がましく暖かそうなストーヴと肘かけ椅子に熱い視線を送り、そしてとぼとぼとドアから凍てつくような夜のなかに出て行った。

それでもなお酒場の主人は、出て行く私たちをにらみつけ、追い打ちをかけるように「鼻にかさぶたが出来てるぞ！」と怒鳴った。

それ以来、私はずいぶん世の中を見てきた。見知らぬ土地や見知らぬ人間のあいだを旅し、多くの本を読み、講演をいくつも聞いた。それでも今日まで、いくらじっくりと深く考えても、あのワイオミング州エヴァンストンの酒場の主人がいった謎めいた言葉の意味がわからないでいる。私たちの鼻はまったくなんともなかったのだから。

私たちはその晩、ある電球工場のボイラーの上で寝た。どうやってその〝寝床〟を見つけたかは覚えていない。馬が水のあるところへ自然に歩いていくように、あるいは伝書バトが自分の家に戻っていくように、私たちも本能的にそこに向かったに違いない。どうしてそこにたどり着いたかは覚えていないが、その夜がひどい夜になったことは覚えている。

十人以上のホーボーがすでにボイラーの上にいたが、ボイラーは誰にも熱すぎた。さらにひどくみじめだったのは、私たちがボイラーの下に降りてくるのを技師が許さなかったことだ。私たちは熱いボイラーの上にいるか雪の降る外に出るか、どちらかしかなかった。

ボイラーの熱で気が狂うほど叩きのめされた私が耐えられなくなって、焚き口のところへ降りてゆくと、技師は「眠りたいといったのはお前だろ。だったら、眠れよ」といった。

「水をくれ」私は、目から落ちてくる汗を拭(ぬぐ)いながらあえぐようにいった。「水を」技師は外を指さし、暗闇のどこかに川が見つかるといった。私は川に向かって歩きはじめたが、暗闇のなかで道がわからなくなり、二、三回雪の吹きだまりに足をとられ、ついにあきらめ、半分凍えそうになってボイラーのところへ戻った。

暖まってくると、前よりいっそう喉がかわいてくる。私のまわりではホーボーたちが、苦痛のあまり、悲鳴をあげ、うめき、すすり泣き、ため息をつき、あえぎ、苦しそうに息をし、転げまわり、のたうち、倒れ伏している。私たちは魂を失い、地獄の鉄板の上で焼かれているようだった。そして悪魔の化身の技師は、ボイラーの上がいやなら冷たい外で凍え死ぬ道しか与えてくれないのだ。スウェーデン人は立ち上がると、自分を放浪へと駆り立て、こんな苦しみにあわせている人間の放浪癖を呪った。「シカゴに戻ったら」彼は心を決めていった。「仕事を見つけて、とことんそれにしがみつくつもりだ。それからまた放浪に出る」

運命の皮肉などそんなもので、次の日、事故処理が終わると、スウェーデン人と私は、陽光のまぶしいカリフォルニア産の果物を積んだ急行貨物列車〝オレンジ・スペシャル〟の冷蔵車に乗って、エヴァンストンの町を出た。

もちろん、寒い季節だったから冷蔵車はからっぽだった。待っていても冷蔵車がそれ以上に暖かくなることもない。私たちは屋根の昇降口から冷蔵車のなかに入り込んだ。その貨車は亜鉛メッキした鉄で出来ていて、あの身を切るような寒さのなかでは、触れて心地よいものではなかった。私たちは、震えながら冷蔵車のなかで横になり、歯をがたがたいわせながら、相談をし、この荒れ果てた高原地帯を出て、ミシシッピ渓谷[*13]に出るまでは、昼も夜もこの冷蔵車にいようと決めた。

しかし食べないといけない。そこで私たちは次の管区で食べものを恵んでもらい、もらったらすぐに冷蔵車に戻ることに決めた。

午後遅くグリーン・リヴァーという町に着いたが、夕食の時間には早すぎた。夕食の前というのは〝物乞い〟には最悪のときだ。しかし私たちは勇気を出して、貨物列車が駅構内に入ると貨車の横に取り付けられた梯子から地面に飛び降り、食べものをもらおうと町に向かって走り出した。すぐに別々の方向に向かったが、冷蔵車で落ち合うことは決めておいた。私ははじめはついていなかったが、最後には〝施しもの〟を二つシャツに突っ込んで、列車を追いかけた。

列車はすでに走りはじめ、スピードを速めている。私たちが会うことに決めていた冷蔵車はもう通過してしまった。そこで私は冷蔵車から六両あとの貨車に横の梯子から勢いよく飛び乗り、急いで屋根づたいに前に進み、冷蔵車にすべりこんだ。

しかし、車掌室から制動手(シャック)が私を見ていた。それで数マイル先の次の駅、ロック・スプリングスで制動手は冷蔵車に首を突っこんできていった。「とっとと出て行け、この野郎！　出て行け！」。そして彼は私のかかとをつかむと外につまみ出した。私はいわれたとおり出て行った。〝オレンジ・スペシャル〟とスウェーデン人は私を置いて走り去って行った。

雪が降り出した。寒い夜が近づいている。暗くなってから私は構内を探しまわり、ようやくからっぽの冷蔵車を見つけた。よじのぼってなかに入った——冷蔵庫にではなく冷蔵車そのものに。重いドアを引っぱって閉めた。ドアの先はゴムが張り付けられているので、冷蔵車は密閉状態になる。壁は厚い。外の冷たい空気が入りこむすきまはない。しかしなかは、外と同じくらい寒い。どうやって温度を上げるかが問題だ。しかし、そこは〝プロ〟にまかせればいい。私はポケットから三、四枚の新聞紙を取り出すと、それを貨車の床の上でいっぺんに燃やした。煙が天井に上がる。熱はぜったいに外に逃げない。やがて心地よく暖かくなっていき、私は素晴らしい夜を過ごした。一度も目をさまさなかった。

＊13　ミシシッピ川の下流は湿潤なデルタ地帯になっている。その中・上流域は丘に挟まれた平原地帯を流れるが、そのことを指していると思われる。

朝、まだ雪が降っていた。朝食をもらおうと歩いているうちに、東行きの貨車に乗りそこなってしまった。その日、私は別の貨車を二度捕まえたが、二度とも振り落とされてしまった。午後いっぱい東行きの汽車は一台も通らなかった。

雪は前よりひどくなっている。夕暮れどきに、私はやっと大陸横断列車の一番目のブラインド車（ドアなし貨車）の連結部分に飛び乗った。私が一方の側から飛び乗ろうとすると、誰かが向こう側から飛び乗った。オレゴン州から家出してきたあの少年だった。

降りしきる吹雪のなかを走る急行列車のいちばん先頭のブラインド車に乗るのは、夏のピクニックのようなわけにはいかない。風が連結部分を吹きぬけ、貨車の前部にぶつかり戻ってくる。最初の駅で、暗さも増してきたので私は、機関車のところへ行って機関士に話をしてみた。機関士の乗車区の終わり、ローリンズまでのあいだ、私が石炭を〝くべる〟手伝いをしよう。この提案は受け入れられた。

私の仕事は、雪のなか、外に出て、炭水車の上でハンマーで石炭の塊を叩き割り、それをシャベルで機関手室にいる彼に送ることだ。大変な仕事だが、働きづめの必要はなかったので、ときどき機関手室で身体を暖めることが出来た。

「相談があるんだが」はじめてひと息ついたときに、私は機関助手にいった。「あそこのブラインド車に小さな男の子がいるんだ。あそこじゃ寒い」

ユニオン・パシフィックの機関車の機関手室はかなり広い。私と機関助手は、少年を機関助手の高い椅子の前の暖かい隅の空間に入れてやった。少年はそこですぐに眠りに落ちた。汽車は夜中にローリンズに着いた。雪は激しくなっている。機関車はここで扇形機関車車庫（ラウンド・ハウス）に入り、新しい機関車と交代することになっている。

列車がとまると私は機関車のステップから降りたが、そのとたん大きなオーバーコートを着た大男の両腕に捕らえられた。男は私にいくつも質問をはじめたので、私は男に誰だか聞いた。すぐに男は保安官だと答えた。私はさからわないことにし、男の質問に答えた。

男は機関手室で眠っている少年の外見を語りはじめた。私は素早く頭をめぐらせた。少年の家族が、少年のあとを追いかけているのは明らかだった。この保安官はオレゴンから電報で少年を捜すようにという命令を受け取ったのだ。たしかに私は少年に会っている。最初はオグデンで。日付は保安官の情報と合う。しかし、あの子はまだこの町の手前のどこかにいるはずですよ、と私は説明した。というのは、あの晩、大陸横断列車がロック・スプリングスを出たときに、列車から放り出されましたからね。そう話しているあいだ私は、少年が目をさまし、機関手室から出てきて、私のせっかくのウソを〝台無し〟にしてしまわないよう祈っていた。

保安官は制動手（シャック）に質問するために私から離れたが、その前にこういった。

「おい、流れ者、この町はお前なんかの来るところじゃない。わかったか？　この汽車に乗って出て行くんだ。しくじるなよ。もし、汽車が出て行ったあとお前を捕まえたら……」

私は彼に、好きでこの町に来たのではない、汽車がとまったから仕方なくいるので、こんな町などすぐに出て行くから私の姿を見ることは二度とないと強くいった。

保安官が制動手(シャック)に質問しに行っているあいだに、私は機関手室に急いで戻った。

少年は起き出して、目をこすっている。私は彼に、保安官が捜していることをいい、そのまま機関車に乗って扇形機関車車庫(ラウンド・ハウス)に行くようにすすめた。手短にいうと、少年は、乗っていたのと同じ大陸横断列車の排障器(パイロット)のところに乗ることが出来た。私は少年に、最初の駅で機関助手に頼んで機関車に乗せてもらうようにと教えておいた。しかし私のほうは、その列車から放り出されてしまった。新しく乗り込んできた機関助手は若くて、放浪者を機関車に乗せてはならないという会社の規則を破るようないい加減な男ではなかったので、石炭をくべてやろうという私の申し出を断ったのだ。私としては少年がその機関助手とうまくやってくれることを祈るしかない。なにしろこんな吹雪のなか、機関車の前の排障器(パイロット)にひと晩じゅう乗るのは死を意味するのだから。

不思議なことだが、私は、その晩どうやってローリンズで汽車から放り出されたか、くわしく覚えていない。覚えているのは、走り出した汽車がすぐに雪嵐(ゆきあらし)のなかに吸い込まれていくのを見送っていたことと、身体を暖めようと一軒の酒場に歩き出したことだ。

酒場は明るく、暖かだった。すべてが活気にあふれ、あけっぴろげだった。〝銀行〟（賭けトランプ）、ルーレット、サイコロ博打（ばくち）、ポーカー、あらゆる博打が平気で行なわれている。頭がおかしくなったようなカウボーイが何人か夜を陽気に楽しんでいる。私は彼らにうまく取り入って、彼らの金で最初の一杯をやった。そのとき、がっちりとした手が私の肩をつかんだ。振りかえって、思わずため息が出た。あの保安官だった。

ひとこともいわずに彼は私を雪のなかに連れだした。

「あの構内に〝オレンジ・スペシャル〟がとまっている」と彼はいった。

「今夜はひどく寒いんでね」と私。

「あの汽車は十分で出る」と彼。

それで終わりだった。議論の余地はなかった。そしてその〝オレンジ・スペシャル〟が出発したとき、私は冷蔵車のなかにいた。寒くて朝が来ないうちに足が凍ってしまいそうだったので、ララミー[*14]に着くまでの最後の二十マイルは、昇降口のところに立って、足を派手に上下に動かしていた。雪がひどかったので制動手に見つかる心配はなかった。見つかってもどうということはなかった。

＊14　シャイアンの西北西七十kmのところにある、ユニオン・パシフィック鉄道の開設によって建てられた町。

ララミーで、手持ちの二十五セントで朝食を買い、そのあとすぐに、ロッキー山脈の分水嶺（ぶんすいれい）の峠[15]へと登っていく大陸横断列車のブラインド車に乗った。昼間は普通、〝ドアなし貨車〟には乗らないものだが、ロッキー山脈のてっぺんでこの吹雪のなか、制動手（シャック）たちに私を追い出す元気があるとは思えなかった。事実、彼らはそんなことはしなかった。連中は駅にとまるたびに私がもう凍っているかどうか調べにやってくるだけだった。ロッキー山脈のいちばん高いところにある——海抜は忘れたが——エイムズ・モニュメント[16]で、制動手が最後の仕事で私の様子を見に来た。

「おい、お前」彼はいった。「あの引き込み線のところでこの汽車が通過するのを待っている貨物列車が見えるだろ？」

確かに見えた。六フィートほど離れて、隣りの線路に待機している。この嵐のなかだから、もう数フィート先だったら見えなかったかもしれない。

「いいか、例のケリー隊[17]の〝後発組〟があの貨物列車のどこかにいる。連中はいっぱいわらを敷いているし、人数も多いから、貨車のなかは暖かいぜ」

もうホーボーはこりごりだ

彼のいうのはもっともだった。私はそれに従った。ただ制動手が〝遊び半分のウソ〟をいったかもしれないので、横断列車が走り出したときにブラインド車に飛び乗る用意はしておいた。しかし、制動手がいったことはウソではなかった。私は、放浪者仲間が乗っている貨車を見つけた——換気用に風下のドアが大きく開いている冷蔵車だった。私は貨車によじのぼってなかに入った。一人の男の脚を踏んでしまった。次には別の男の腕を踏んだ。貨車のなかは薄暗く、見分けられるのは重なり合った人間たちの腕と脚と身体だけなのだ。たくさんの人間がこんなに重なり合った姿は見たことがない。放浪者たちがわらのなかに横になり、お互いに上になったり下になったりくっつき合ったりしている。八十四人ものがんじょうな放浪者たちが身体を伸ばしていれば、ずいぶん場所を取るものだ。私がうっかり乗っかってしまった男たちは腹を立てた。

　彼らの身体は私の足の下で海の波のように盛り上がり、私はその力で自然に前のほうへと押しやられた。足に踏むわらを見つけることが出来なかったので、さらにまた他の

＊15　ワイオミング州を北西から南東に突っ切るロッキー山脈の支脈は、古くはブラックヒルズと呼ばれたが、サウスダコタ州のブラックヒルズとの混同を避けるために、今日ではララミー山脈と呼ばれている。このララミー山脈は北アメリカ大陸の大陸分水嶺をなしている。

＊16　分水嶺地点に建てられた、大陸横断鉄道の推進者であったユニオン・パシフィック鉄道のオークス・エイムズとオリバー・エイムズ兄弟を称える、ピラミッド状の記念碑。

＊17　サンフランシスコから、前述のコクシーの呼びかけに応じて参加した隊。ケリー産業軍（Kelly's Industrial Army）とも呼ばれる。

男たちを踏んづけてしまった。男たちはますます腹を立て、私はさらに前の方へ押しやられた。足もとがふらついて、あっという間に尻もちをついた。不幸にして男の頭の上だった。次の瞬間、男は怒ってよつんばいに起き上がり、私は空中を飛ばされていた。上がったものは必ず落ちてくるのが道理で、私はまた別の男の頭の上に落ちた。

そのあとのことは、記憶のなかにぼんやりとしている。まるで脱穀機のなかを麦が通っていくようだった。貨車の端から端まで、私は男たちに激しく叩かれた。八十四人の放浪者が私を麦を叩くように叩き続け、ようやく解放されると、かろうじて残った私の身体は、奇跡的に、わずかばかりのわらを見つけ出し、その上に横になった。

その乱暴な出迎えが入会の儀式だった。私は、それでこの陽気な連中の仲間になるのを許された。その日ずっと、私たちを乗せた貨車は吹雪のなかを走り続けた。暇つぶしに、一人一人、話をすることになった。面白い話であることが条件だった。しかも、その話はこれまで誰も聞いたことがないものでなければならない。失敗したら〝脱穀機〟の罰が待っている。誰もしくじらなかった。私の人生でこのときほど楽しい話を聞く喜びを味わったことはない。それだけはいっておきたい。世界じゅうから集まった人間が八十四人もいる——私が八十五人目だ——そして、それぞれが傑作を話すのだ。傑作にならざるを得ない。そうでなかったら〝脱穀機〟の罰が待っているのだから。

その日の午後おそく列車はシャイアン[*18]に着いた。雪嵐のもっともひどいときだった。

みんな朝食を食べたきり何も食べていなかったが、嵐のなか食べものをもらいに外に出ようとする者は一人もいなかった。列車はひと晩じゅう嵐のなかを揺れながら走った。次の日、やっとネブラスカ州の美しい草原に出たが、それでもまだ揺れがあった。列車は嵐と山から抜け出た。太陽が私たちを祝福するかのように穏やかな土地の上に光り輝いている。私たちはもう丸一日、何も食べていなかった。貨物列車が昼ごろに、ある町に着くことがわかった。記憶に間違いがなければグランド・アイランドという町だった。私たちは金を集めて、その町の当局に電報を打った。電文は、八十五人の健康で腹をすかせたホーボーが昼ごろ町に着く、彼らに食事を用意しておくのがいちばんいいやり方だ、というものだった。グランド・アイランドの町の当局者には二つしか選ぶ道はない。私たちに食事を用意するか、牢に入れるか。牢に入れたところで、結局は私たちを食わせなければならない。だから町では賢明にも、一回の食事のほうが安くつくと判断した。

列車は昼にグランド・アイランドの町に入った。私たちは貨車の屋根の上に座って、日の光のなかで脚をぶらぶらさせていた。町の警官が総出で出迎えてくれた。彼らは私

＊18　オマハとソルトレイク・シティとを結ぶユニオン・パシフィック鉄道の中間に、鉄道の中央管理局を置く町として、一八六七年に建設された。ワイオミング州の州都。

たちを班に分け、あちこちのホテルやレストランに連れて行った。

そこで私たちは食事をあてがわれた。なにしろ三十六時間も何も食べていないのだ。どうするかは教えてもらう必要はなかった。食事がすむと私たちはまた整列させられて駅に戻った。警察はご親切にも私たちのために列車を待たせていた。列車がゆっくりと走り出す。線路沿いに並んだ私たち八十五人は、梯子に群がった。私たちは列車を〝占領〟した。

その晩は誰も食事をしなかった——少なくとも〝仲間〟はそうだったが、私は食事をした。ちょうど夕食の時間だった。列車がある小さな町を出ようとしたとき、私が三人の男とペドロというトランプ遊びをしている貨車に一人の男が乗り込んできた。男のシャツには何かが入っているらしくふくらんでいる。手にはつぶれた一クォート入りの容れ物を持っていて、そこから湯気が上がっている。〝ジャワ（コーヒー）〟の匂いだった。

私はゲームに熱中している仲間の一人にカードを渡しゲームを降りた。それから貨車の端に行くと、仲間たちの羨（うらや）ましそうな視線を浴びながら、乗り込んで来た男の隣りに座り、いっしょに彼の〝ジャワ〟を飲み、シャツをふくらませていた〝食いぶち〟を食べた。男はあのスウェーデン人だったのだ。

夜十時ごろ、オマハ[*19]に着いた。

「連中とは別れようぜ」スウェーデン人が私にいう。

「もちろんだ」と私。

私たちは他の連中と別れる準備をしていた。しかし、オマハの町の警察も準備態勢に入っていた。スウェーデン人と私は梯子に乗って、列車から飛び降りようとしていた。しかし列車はとまらなかった。そのうえ、真鍮（しんちゅう）のボタンと星章（せいしょう）を電灯の光にぴかぴか光らせながら、警官たちが長い列を作り、線路の両側に並んでいた。彼らの腕のなかに飛び降りたらどうなるかはすぐにわかる。私たちは横梯子にしがみついたまま、降りられなかった。列車は走り続け、ミズーリ河を渡って、カウンシル・ブラッフス[*20]に向かった。

〝将軍〟と呼ばれているケリーが、二千人のホーボーたちといっしょに、数マイル先のシャトウクワ・パークで野営していた。貨物列車で一緒になった後続部隊は、ケリー将軍の後衛だった。彼らはカウンシル・ブラッフスで降りると野営地に向かって行進を始めた。

＊19　ミズーリ川東岸に位置するネブラスカ州東部の町。カウンシル・ブラッフスと川をはさんで対向している。一八五四年に建設され、六五年、大陸横断鉄道のユニオン・パシフィック鉄道の始発駅が建てられ、さらにここから南下するミズーリ・パシフィック鉄道も敷設されて交通の要衝として発展した。

＊20　カウンシル・ブラッフスとは「会議の崖」という意味だが、ミズーリ川を見下ろす崖でルイス・クラーク探検隊と先住民が会議を開いたことに由来する。ミズーリ川東岸に位置する。

夜はすでに冷えこんできて、雨を伴った強い突風が凍りつくように吹きつけ、私たちの身体を濡らした。警官隊が私たちを取り巻き、野営地に追い込んだ。スウェーデン人と私は機会をうかがい、そこから逃げ出すことに成功した。

雨は土砂降り(どしゃぶ)になっている。暗闇のなかでは、自分の目の前の手さえ見えない。私たちは手さぐりで、雨やどりできる場所を探して歩いた。本能のおかげで助かった——すぐに酒場に行き当たったのだ。ただそこは、開いて商売をしている酒場ではなかった。夜は店じまいをする酒場でもなく、ちゃんとした住所を持った酒場でもなかった。大きな材木で組み立てられ、下にはローラーが付けられた移動式の酒場だった。ドアは閉まっていた。突風と雨が私たちの上に襲いかかってくる。ためらってはいられなかった。私たちはドアを破ると、なかに入った。

私はこれまでもずいぶんひどいところで野営をしたことがある。地獄のような大都会で〝夜通し町を歩く〟こともした。水たまりのなかで眠ったこともあるし、アルコール寒暖計で零下七十四度（つまり氷点下一〇六度[*21]）の雪のなかで毛布二枚で眠ったこともある。

しかし、これだけはいっておきたいが、カウンシル・ブラッフスのこの移動酒場でスウェーデン人とともに過ごした夜ほど、つらい野営、みじめな夜は経験したことがない。まず、建物が空中に建てられている状態だから、床に無数のすきまがあって外気にさらされている。そのすきまから風が吹き込んでくる。

次に、バーはからっぽだった。身体を暖めてくれ、みじめさを忘れさせてくれる酒びんは一本もなかった。毛布を持っていなかったので、私たちは、ずぶ濡れの服を着たまま、なんとか眠ろうとした。私はカウンターの下にころがり、スウェーデン人はテーブルの下にころがった。しかし床には穴や裂け目があって横になることも出来ず、三十分もすると私はカウンターの上に這い上がった。それから少しするとスウェーデン人がテーブルの上に這い上がった。

そこで私たちはがたがた震えて、早く日の光が射しこんでくれることを祈った。私などど、もうこれ以上震えられないというところまで震え、ついには震えている筋肉が痛みだし、おそろしく痛むだけになった。スウェーデン人はうめき、苦しみ、歯をがたがたさせながら、ひっきりなしに「もういやだ、もういやだ」と呟いた。彼はこの言葉を休みなく、何回も繰り返した。うとうとしかけると、寝言でもそういった。明け方、最初の灰色の日が射すと、私たちはその苦しみの家を出た。外に出ると、深く冷たい霧が降

＊21　摂氏温度で言うとマイナス五八・八度。アメリカやカナダで用いられている温度表示は華氏温度であり、これは氷点を三十二度、沸点を二百十二度とする。氷点が三十二度のため零下七十四度は氷点下一〇六度となる。

りている。手さぐりで歩き、ようやく鉄道の線路に出た。私はオマハに戻って、朝食の物乞いをするつもりだった。連れはシカゴに行くという。別れの時が来た。私たちはかじかんだ手を差し出した。二人ともがたがた震えている。なんとか喋（しゃべ）ろうとするが、歯ががちがち鳴ってまた何もいえなくなってしまう。

あたりには私たちしかいない。他の世界から私たちだけが閉ざされている。目に見えるのは、わずか先までの線路だけ。前も後ろもその先の線路は霧におおわれて見えない。私たちは何もいえずに黙って見つめ合った。握手をした手がお互いの気持ちをあらわすように震える。スウェーデン人の顔は寒さで青い。私の顔もそうだったろう。

「もういやだって、何がだ？」私はやっとのことでそれだけはっきりいった。

スウェーデン人の喉もとが言葉を発しようと必死になって動こうとする。それから、かすかに遠く、凍った魂の深い底からの細いささやきのように言葉が出た。

「もうホーボーはこりごりだ」

彼はそこでひと呼吸おき、また声を出した。彼の声は次第に、自分の意志の強さをあらわすように、力強さとしゃがれた響きを増していった。

「もうホーボーはこりごりだ。仕事を見つけることにするよ。きみもそうしたほうがいい。こんな夜ばかりじゃリューマチになってしまう」

彼は私の手を固く握った。

「じゃあな、ダチ公」と彼はいった。

「じゃあな、ダチ公」と私。

次の瞬間、私たちはそれぞれ深い霧に呑み込まれてしまった。私たちが出会ったのはそれが最後だった。しかし、スウェーデン人の友よ、きみがいまどこにいようと、元気でいてほしい。きみが仕事を見つけたことを願っている。

7 ロードキッドの社会学

船を盗む

ときどき、新聞、雑誌、人物辞典で私は自分について書かれた記事を見る。そこでは、気をつかってくれて、私が若いころ放浪者になったのは社会学を学ぶためだったと書かれている。伝記作家がそういってくれるのは非常に有り難く、親切なことだと思うが、正確ではない。

私が放浪者になったのは——身体（からだ）のなかに生命力があったからであり、血のなかにいっときも私を休ませまいとする放浪癖があったからである。社会学というのはただそれに付随してあとからついてきたもので、肌を濡らせば、次に水に入るのと同じことだ。

私が〝放浪の旅（ロード）〟に出たのは、そうせざるを得なかったからであり、ジーンズに汽車賃を持っていなかったからであり、そして、〝同じ仕事〟を一生続けるようには人間が出来ていなかったからである。——まあ、旅に出ていたほうが楽だったからだ。

そもそもの始まりは、十六歳のとき、故郷のオークランドでだった。当時、私は、少数の冒険好きな連中のあいだで、目がくらむような名声を得ていた。彼らには〝牡蠣泥棒のプリンス〟として知られていた。なるほど、仲間以外の連中、たとえば、湾で働く正直者の船員、港湾労働者、ヨットマン、それに牡蠣の正当な所有者のあいだでは、〝よたもの〟〝不良〟〝悪党〟〝泥棒〟〝強盗〟その他さまざまなひどい呼び名で呼ばれていたが——どれもみんな私から見ればお世辞だった——、悪くいわれればいわれるほど、仲間うちでの私の名声は増すというものだった。

当時私はまだ『失楽園』[*1]を読んでいなかったが、のちにミルトンが「天国で下僕になるよりは、地獄で頭になるほうがまし」と書いているのを読んだとき、偉大な人間というものは同じようなことを考えるとひとり納得したものだった。

偶然の出来事が重なりあって、私がはじめて〝放浪の旅〟の冒険に出たのは、この十六歳のときだった。まず、ちょうどその時期は牡蠣の季節ではなかった。次に、オークランドから四十マイル離れたベニーシャに欲しい毛布があった。さらに、ベニーシャから数マイル離れたポート・コスタに、盗難にあった船が停泊していて、警官の管理下にあった。この船の所有者は、ディニー・マクリーという名の私の友人だった。船を盗んだのは、私の別の友人ウィスキー・ボブで、船はポート・コスタに置き去り

＊1　ジョン・ミルトン（一六〇八〜七四）が一六六七年に発表した長編叙事詩。

にされていた（哀れなウィスキー・ボブ！　先だっての冬、彼の死体が浜に引き上げられた。誰に撃たれたのかはわからないが、死体は穴だらけだった）。私は以前、〝川上〟の方に行ったことがあり、盗まれた船がどこにあるかディニー・マクリーに話していた。それでディニー・マクリーは、私が船をオークランドまで川を下って運んできてくれたら十ドル払おうとすぐにいったのだ。

私には時間がたっぷりあった。私は波止場に座って、この話を〝ギリシア人ニッキー〟にした。私と同じような、まともな仕事につかない牡蠣泥棒だ。「行こうぜ」と私はいった。ニッキーも乗り気だった。彼は〝一文無し〟だった。私は五十セントと、小型の帆船を持っていた。五十セントでクラッカー、缶詰のコーンビーフ、フレンチ・マスタードの十セントびんを買い、それらを船に積み込んだ。それから、午後遅く、船の小さな帆を張って出発した。

ひと晩じゅう走り、翌朝、最初のすばらしい上げ潮に乗り、順風を受け、カーキネス海峡を勢いよくポート・コスタへと進んで行った。盗まれた船はそこに停泊していた。桟橋(さんばし)から二十五フィートと離れていない。私たちは小船をその船に横づけすると、小さな帆をおろした。ニッキーをその船の船首にやって錨(いかり)を引き上げさせる一方、私は、船をつないでいるロープをはずしにかかった。

そのとき一人の男が桟橋に走り出てきて、私たちに大声で何かいった。警官だった。

突然私は、この船を回収してよいという正式の許可証をディニー・マクリーからもらってきていないことに気づいた。さらに、この警官は、船をウィスキー・ボブから取り戻し、そのあとずっと船を監視していた手数料として少なくとも二十五ドル欲しいといいだした。私の最後の五十セントは、缶詰のコーンビーフとフレンチ・マスタードにつぎ込んでしまったし、ディニーからもらえる報酬は十ドルしかない。

私は船首にいるニッキーを素早くちらっと見た。彼はどうしたらいいかわからず錨を引っぱったまま、上げたり下げたりしている。「錨を上げるんだ」私は彼にささやいた。そして振り向くと警官のほうにどなり返した。警官と私は同時に大声で喋っているので、両方の声が中空でぶつかりあい、わけがわからない言葉になった。

警官はいよいよ高圧的になり、私は彼のいうことに耳を傾けるしかなかった。ニッキーは、血管が破れるのではないかと思われるほど錨を強く引っぱっている。警官の脅しと警告が終わったのを見はからって、私は、あなたは誰だと聞いた。警官がそれに答えているすきに、ニッキーは錨を上げることが出来た。私はどうするか素早く計算していた。警官の足もとに梯子があって、それが桟橋から水面に下りている。その梯子に私たちが乗ってきた小型の帆船がつながれている。オールは船のなかにある。しかし、それには南京錠がかかっている。

私はすべてをこの南京錠に賭けた。頰にそよ風を感じる。潮のうねりが見える。私は帆を支えている残りのロープを見、さらに目を上げて滑車につながっているハリヤード[*2]を見た。そしてすべてが順調だとわかると、それまでの演技はかなぐり捨てた。「錨を上げろ！」。私はニッキーにそう叫ぶと、船をつないでいたロープのところに飛びつき、それをほどいた。幸運なことに、ウィスキー・ボブはロープを〝男結び[*3]〟ではなく、小間結び[*4]にしていた。

警官は梯子を滑り降り、南京錠の鍵をなんとかしてはずそうとしていた。錨が船の上に引き上げられ、最後のロープがはずされたのと同時に、警官は私たちが乗ってきた船のもやいを解き、オールに飛びついた。

「帆を高く上げろ！」。私は乗組員のニッキーに命じ、同時にノック[*5]のハリヤードに注意を払った。船が進むにつれて帆が高く上がってゆく。私はロープを結びつけ、船尾の舵柄（かじえ）のところへ走った。

「帆を広げろ！」。私は船首にいるニッキーに叫んだ。警官は、こちらの船の船尾に届くところに近づいている。風が吹いて、船が走り出した。すばらしい勢いだった。海賊の旗を持っていたら、勝利を祝して高く掲げたいところだ。警官は小型船のなかで立ち上がり、この私たちの栄光ある門出を口汚くののしった。さらに彼は、銃を持ってこなかったことを口惜しがった。彼が銃を持っているかどうか、これも私たちにとってはもうひとつの賭けだったのだ。

ともかく私たちは船を盗んだのではなかった。この船は警官の船ではなかったのだから。私たちはただ彼に手数料を払わなかっただけだ。手数料といっても要するに賄賂だったが。その金を払わなかったのも自分たちのためにしたことではない。友人のディニー・マクリーのためにしたことだ。

数分でベニーシャに着き、さらに数分後には私の欲しかった毛布は船にあった。私は船をスティームボート波止場のいちばん端に移した。そこなら地の利がよく、追っ手がよく見えた。追っ手が来るかどうかはわからない。ポート・コスタの警官はおそらくベニーシャの警官に電話しているだろう。ニッキーと私は作戦会議を開いた。

私たちは、暖かい日の光を浴び、そよ風を頰に受けながら甲板に横になっていた。上げ潮がさざ波をたて、渦を作ってゆく。午後、引き潮になるまでオークランドに引き返すことは出来ない。考えるに、警官は引き潮のときカーキネス海峡を見張っているだろ

＊2　帆桁・帆・旗などを所定の位置に上げるためのロープ。

＊3　荷物や垣根を結ぶ場合に行う結び方で、ロープの右端を左の下に回し、右に返してつくった輪に左を通して結ぶ。

＊4　本結び、真結び、スクエア・ノットともいう。最も簡単なロープの結び方で、二本のロープの端を二度からませて結ぶ。太いロープや太さの違うロープを結ぶ場合には適さない。

＊5　スロートともいう。四辺形の縦帆の前部上端の個所のことをいう。

うから、私たちとしては、次の引き潮のある翌朝の二時まで待つしか手はない。そのときなら暗闇に乗じて、あの地獄の番犬（ケルベロス）のような警官から逃れることが出来るだろう。そう決めると私たちは甲板に横になり、タバコを吸い、生きていることを喜んだ。私は船から唾（つば）を吐き、流れの速さを測った。

「この風だったら、上げ潮に乗ってリオ・ヴィスタまで行けるな」と私がいった。

「川の具合がいちばんいいときだな」とニッキー。

「それに水位も低い」と私。「サクラメント[*6]に行くには一年でいちばんいい季節だ」

私たちは身体を起こして、顔を見合わせた。素晴らしい西風がワインのように私たちに吹きつけてくる。私たちは船から唾を吐いて、流れの速さを測った。いま私は、私がそもそも放浪生活を始める原因となったものが上げ潮と追い風であったことに満足している。どちらも私たちの船乗りの本能に訴えるものがあったのだ。この二つのものがなかったら、私を〝放浪の旅〟へと駆りたてたすべての事件の連鎖は切れてしまっていただろう。

私は何もいわず、黙ってもやいを解き、帆を上げた。サクラメント川をさかのぼった冒険はここで私がいいたいことではない。私たちはともかくサクラメントに着き、船をある桟橋にとめた。水はきれいで、私たちは水泳をして大半の時間を過ごした。鉄橋の上流にある砂州（さす）のところで、同じように水泳をしている少年たちの一団に出会った。水泳の合間に、私たちは堤に横になり、お喋りをした。彼らの喋り方は、これまで私がよく付き合っていた連中とは違っていた。耳新しい独特の言葉だった。彼らは〝さすらい(ロード)キッド〟だった。彼らの言葉を聞くたびに、私は強く〝放浪の旅〟の魅力にとりつかれていった。

「アラバマにいたとき」と一人の少年が切り出す。あるいは別のやつが「K・C（カンザス・シティ）からC(シカゴ)&A(オールトン)鉄道で来た」という。すると三番目のやつが「C&A鉄道の〝ブラインド車〟には梯子がついていない」という。私は黙って砂浜に横たわり、彼らが話すのを聞いていた。「あれはレイクショア&ミシガン・サザン鉄道[*7]沿いの、オハイオの小さな町でだった」と一人の少年が話しだす。するともう一人のやつが「ウォバッシュ鉄道[*8]の弾丸列車(キャノンボール)に乗ったことがあるか?」と

＊6　一八四九年のゴールド・ラッシュによってできた町。それまでカリフォルニアの中心はモントレーにあった。五四年に州都になった。

＊7　ニューヨーク州バッファローからイリノイ州シカゴまでをつなぐ鉄道。一九一四年にニューヨーク・セントラル&ハドソン・リバー鉄道などと合併し、ニューヨーク・セントラル鉄道になった。

＊8　シカゴ、デトロイト、セントルイスなどをつなぐ鉄道。「ウォバッシュ・キャノンボール」という民謡も当時歌われていた。

聞く。また別のやつ。「いや。だけどシカゴ発のホワイト・メイル[9]には乗ったことがある」「鉄道の話をするんなら、ペンシルヴェニア鉄道[10]に乗ってみなきゃ話にならない。複々線で、水槽なんかない、走りながら給水出来るんだ。あれはすごい」「ノーザン・パシフィック鉄道はいまじゃひどい鉄道だ」「サリナス[11]は〝一文無し〟の町で〝デカ〟は〝悪質〟だ」「おれはエル・パソ[12]でモウク・キッドといっしょに〝とっ捕まった〟」「〝施しの食いもの〟の話をするなら、モントリオールの向こうのフランス人ばかりの郡に行ってみなけりゃ話にならない――英語が通じないんだ。〝腹減った（モンギ）、マダム、腹減った（モンギ）、フランス語話せません（ン・スピカ・ダ・フレンチ）〟とかいって、腹をこすっていかにも腹が減ったような顔をする。そうすれば、マダムがベーコン一枚とひどく堅い〝パン〟の塊をくれる」

私は砂浜に横になって彼らのお喋りにずっと耳を傾ける。この放浪者たちに比べれば、私の牡蠣泥棒など取るに足らないものに思えてくる。彼らのあらゆる言葉が私を新しい世界へと呼びかけている――列車の棒軸（ロッド）、ドアなし貨車の連結部分、〝サイドドア・プルマン〟（有蓋（ゆうがい）貨車）、〝デカ〟、〝制動手（シャック）〟〝ねぐら〟〝食いもの〟〝逮捕〟〝脱走〟〝腕っぷしの強いやつ〟〝渡り鳥〟〝不良〟〝プロ〟。どの言葉も冒険を意味した。

よし、私はこの新しい世界に挑んでやろう。私は、このロードキッドたちといっしょに〝旅する〟ことに決めた。私は彼らと同じように力強く、敏捷（びんしょう）で、勇気があった。頭の良さだって同じだった。

夕暮れになって、泳ぐのをやめると、彼らは服を着て町に出かけて行った。私もついていった。彼らは〝目抜き〟で〝小銭〟を〝せびり〟始めた。つまり、大通りで通行人に金を恵んでくれといった。私はこれまで物乞いをしたことは一度もない。だからはじめて〝放浪の旅〟に出たとき物乞いはいちばんつらく、こたえた。

物乞いについては馬鹿げた考えを持っていた。当時、私の考えでは、物乞いをするよりも盗んだほうがいい、泥棒のほうが危険だし捕まったときの罰が物乞いの場合よりも大きいからずっといい、というものだった。牡蠣泥棒として私はすでに司法の手で有罪判決を受けていて、もし実際にそれに従おうとしたら、永遠に州の刑務所に入っていなければならなくなる。

＊9　「ホワイト・メイル」は、ふつうの用語では業績不振の会社の買収を防止するために、協力的な投資家に安値で株を売ることだが、ホーボーの言葉で何を意味するかは不明。郵便車に関係するかもしれない。

＊10　ニューヨーク・セントラル鉄道と並ぶ東部の大鉄道。ニューヨーク州・ペンシルヴェニア州を中心に巨大な鉄道網を敷いた。なかでも、シカゴとニューヨークを結ぶ「ブロードウェイ特急」は、アメリカの鉄道の精華とまで絶賛されていた。

＊11　カリフォルニア州のモントレー湾から十五km内陸部に一八五六年につくられた町。

＊12　テキサス州最西北端の町。米墨（べいぼく）戦争（一八四八年終結）後アメリカの領土に編入された。

盗みは男らしい。それに対し物乞いはさもしく、軽蔑に値する。しかし、私は日がたつにつれて物乞いに慣れてきて、最後には、物乞いは楽しいいたずら、頭を使ったゲーム、度胸だめしと考えるようになった。

しかし、そのはじめての晩には、私は物乞いが出来なかった。その結果、みんながレストランに行って食事しようとしていたとき、私はその気になれなかった。私は一文無しだった。たしかミーニー・キッドという少年が私に金をくれて、私たちはみんなでいっしょに食事をした。しかし食事のあいだ、考えざるを得なかった。仲間から金を恵んでもらうことは、盗みと同じくらいに悪いことといわれている。通りで物乞いをしたのはミーニー・キッドだ。私はその分け前をもらっている。私は、仲間から恵んでもらうのは盗みより悪いことだから、二度としまいと心に決めた。そして実際二度としなかった。次の日起きると、私はみんなと同じように物乞いをした。

えじきになった男

〝ギリシア人ニッキー〟の夢は〝放浪の旅〟に出ることではなかった。彼は物乞いが出来ず、ある晩、艀（はしけ）にこっそりと乗り込んで、川を下ってサンフランシスコに行ってしまった。

つい一週間前、私はある拳闘（けんとう）の試合で、彼に会った。出世していた。リングサイドの特等席に座っていた。いまやプロボクサーのマネジャーをしていて、それを誇りに思っていた。実際、慎ましくはあったが、地元のスポーツ界では彼はかなり輝かしい存在になっていた。

「〝丘〟を越えたことがなければ〝ロードキッド〟とはいえない」――これがサクラメントあたりでさかんにいわれていた〝放浪の旅〟の掟だった。わかった、それなら私も丘を越えて、彼らの仲間に入れてもらおう。ちなみに、〝丘〟とはシエラネヴァダ山脈のことだ。

彼らはみんないっしょに遠足を楽しむように〝丘〟を越えようとしていた。もちろん私もいっしょに行くつもりだった。〝フレンチ・キッド〟にとってこの旅は、放浪に出て最初の冒険だった。彼はサンフランシスコの家族のところから家出してきたところだった。〝丘〟越えがうまくいくかどうかは彼と私次第だった。ちなみに、〝プリンス〟という私の以前の呼び名はもう消えていたといってもいいだろう。私にも〝あだ名〟がついた。いまでは私は〝セイラー（船乗り）・キッド〟だった。のちにロッキー山脈を越えたときには〝フリスコ（サンフランシスコ）・キッド〟として知られるようになった。[*13]

午後十時二十分、セントラル・パシフィックの大陸横断列車はサクラメントの駅を東部に向かって出発した。――時刻表のこの時間は私の記憶に消すことの出来ないものとして深く刻みこまれている。仲間は十二人ほどいた。私たちは列車に飛び乗ろうと身構えて、暗闇のなか、列車より前の位置に並んだ。知り合いの地元のロードキッドたちが全員見送りに来ていた――彼らは出来ることなら、私たちを〝放り出す〟つもりだった。無論、それは彼らの冗談で、そんなことをしようにも連中は四十人ほどしかいなかった。彼らのリーダーはボブという名前の一流のロードキッドだった。故郷はサクラメントだったが、国じゅうあらゆるところを旅していた。

彼はフレンチ・キッドと私を脇に呼ぶと、こんなアドバイスをしてくれた。「おれたちはこれからお前たちの仲間を放っておく。わかるか？　お前たち二人はまだ新米だ。他の連中は自分の面倒は自分で見られる。だから、お前たち二人は、ブラインド車（ドアなし貨車）に飛び乗ったらすぐに、屋根に乗るんだ。そして、ローズヴィル乗換駅を過ぎるまで屋根に乗っていろ。あの町の警官はたちが悪くて、目についたやつはみんな捕まえるからな」

機関車の汽笛が鳴り、大陸横断列車は走り出した。列車には三両のブラインド車がついている――それだけで私たちには充分だ。列車にただ乗りしようとしている私たち十二人はこっそりと乗り込もうとしていたが、四十人もの友人たちは私たちのところに面白半分で群がってきた。驚くべき光景だった。鉄道の連中に恥知らずにも私たちがただ乗りしようとしているとばらし、宣伝しているようなものだった。

ボブのアドバイスに従って、私はすぐに〝屋根にのぼった〟。つまり郵便車のひとつの屋根にのぼった。私はそこに横になると、心臓をどきどきさせながら、騒ぎに耳をすませた。乗務員が全員前方に行き、ただ乗りの連中の排除が迅速に激しく行なわれている。列車は半マイルほど走ると停車した。乗務員がまた前方に行くと、まだ残っている連中を排除した。私だけがうまく列車に乗ることが出来た。

もとの駅では、フレンチ・キッドが両脚を切断されて横たわり、そのそばに事故を目撃した連中が二、三人いた。フレンチ・キッドは足をすべらせたか、つまずいた――それで終わりだった。あとは車輪がやった。こんなふうにして私の〝放浪の旅〟の第一歩が始まった。

私が次にフレンチ・キッドに会って、彼の〝義足〟についていろいろ尋ねたのはそれから二年たってからだった。私が彼に義足について尋ねたのは好意からだった。手足の不自由な人は義足について訊かれるのを好む。〝放浪の旅〟をしていて胸を打たれる光景のひとつは、手足の不自由な人間同士が出会うのを目撃することだ。二人とも共通して不自由なことで会話は盛りあがる。彼らはどうしてそうなったかを語り、切断手術について知っているところを述べ、自分と相手の外科医に批判的な判断を下し、最後には、

＊13　一八六一年に、大陸横断鉄道をカリフォルニアのサクラメントから東に向かって建設するために設立された鉄道会社。

道の脇に行き、包帯と布を取り、義足を比べ合う。私は何か助けてやりたかった。しかし、私がフレンチ・キッドの事故を知ったのは、数日後、ネヴァダで仲間たちが私に追いついたときだった。彼らもひどい状況で到着した。雪崩よけのなかで列車事故にあったのだ。ハッピー・ジョーは両脚がつぶれ、松葉杖をついていたし、他の連中も肌や傷のところを手当てしていた。

彼らがそんな目にあっているころ、私は郵便車の屋根の上に横になって、ボブが気をつけろと注意してくれた町、ローズヴィル乗換駅が最初の駅だったか、二番目の駅だったか思い出そうとしていたわけだ。念のため、私は、二番目の駅を通り過ぎるまで、ブラインド車の連結部分に降りるのをやめた。二番目の駅でも、私は降りなかった。私はまだゲームの新参者だったので、そのまま屋根の上にいるほうが安全だと感じた。しかし仲間には、ひと晩じゅう屋根にいてシエラネヴァダ山脈を越え、雪崩よけとトンネルを抜けて、山の反対側のトラッキーへと下り、そこへ朝の七時に着いたとは決していわなかった。屋根に乗ったままというのは、名誉あることではない。そんなことをいったら私は物笑いの種になっただろう。〝丘〟をはじめて越えたときの真相を告白したのはこれがはじめてである。

一方、仲間たちは、私を仲間として認めることに決めた。〝丘〟を越えてサクラメントに戻ったときは、私は一人前のロードキッドになっていた。

それでも私には学ぶことがたくさんあった。ボブが私の先生だった。彼は素晴らしい男だった。私は、ケンカをして帽子をなくした晩のことを覚えている（サクラメントではお祭りが開かれていて、私たちはあちこちほっつき歩いて楽しんだ）。通りに帽子をなくした私が立っている。助けてくれたのがボブだ。

彼は私を仲間から離れたところへ連れて行くと、どうしたらいいか教えてくれた。私は彼のアドバイスを少し臆病になって聞いた。というのは、私は三日間拘置所に入っていて、出てきたばかりだったからだ。もしまた警官に〝とっ捕まる〟ようなことがあったら、ただではすまない。一方、私は臆病者と思われるのもご免だった。私はすでに〝丘〟を越えていたし、仲間たちと同様に一人前になっていた。彼のいうとおりにするかどうかは私次第だった。

そこで、私はボブの忠告を受け入れた。彼は、私がちゃんといったとおりにするかどうか、見についてきた。

私たちはK通りの、五番街の角――だったと思う――に位置を決めた。まだ宵の口で、通りには人がたくさんいる。ボブは通り過ぎる中国人ひとりひとりの頭の飾りをしっかりと見た。私は前からどうしてロードキッドはみんなうまい具合に〝五ドルのステットソン固つば帽子〟[*14]をかぶっているのだろうと不思議に思っていたが、いまそのわけがわかった。彼らは、私がこれからやろうとしているように、中国人から帽子を取ったのだ。

私は緊張してきた――まわりには人がたくさんいる。しかし、ボブはまったく落ち着いている。なんどか私は、身体に力を入れ緊張し切って、中国人に近づこうとしたが、ボブがそれを引き戻した。彼は、私に上等の、私に合った帽子を取らせたがった。うまくサイズが合った帽子だと思うと新品ではない。一ダースほどの取るに値しない帽子のあとに、新品の帽子がやってくるが今度はサイズが合わない。新品でサイズが合ったのがくると、縁（ふち）が大き過ぎるか、充分な大きさがない。まったく、ボブは気むずかしかった。私はいらいらしてきたので、頭にかぶるものならどんなものでも引ったくってやると思った。

とうとう目ざす帽子があらわれた。サクラメントでは私にはこれしかない。その帽子を見るなり、上等なものだとわかる。ちらっとボブを見た。彼は警官がいないかどうかあたりを見まわし、それからうなずいた。私は中国人の頭から帽子を取り上げると、自分の頭にかぶった。ぴたりと合う。それから私は走り出した。

ボブの怒鳴り声が聞えたので、彼のほうを見ると、怒ったモンゴル人[*15]の行く手に立ちふさがって、邪魔をしている。私は走り続けた。次の角まで来ると、さらに次の角を曲がった。その通りはK通りのように人がいなかったので、私は静かに歩き、呼吸を整え、うまく帽子を取って逃げおおせたことを祝福した。

そのとき、突然、角を曲がったところで背後から帽子を取られた中国人があらわれた。

他にもう二人中国人が彼といっしょにいる。彼らのうしろには六人ほどの男や少年がいる。私は次の角まで全力で走り、通りを横切り、その次の角を曲がった。中国人を充分に引き離したと思ったので、走るのをやめてまた歩き出した。

しかし、角を曲がるとすぐうしろにあのしつこいモンゴル人が来ている。昔からあるウサギとカメの話のようだ。彼は私のように速く走ることは出来ない。しかし、いつまでも私についてくる。よろめくようにとぼとぼ歩いたり、歩いているのかとまっているのかわからない速度で追ってくる。そして騒々しく呪いの言葉を吐いては、無駄に呼吸をしている。彼はサクラメントじゅうの町の人間に大声で、自分の身に起きた泥棒行為の目撃者になるように叫んだ。

サクラメントのかなりの人間がそれを聞いて、彼のあとに従った。私はウサギのように走った。一方あのしつこいモンゴル人は、どんどん数が増えていく野次馬を従えて、私を追ってくる。しかし、とうとう、警官が追っ手に加わると、私は連中を引き離しに

＊14　帽子業者ジョン・B・ステットソン（一八三〇〜一九〇六）がつくった帽子。一八六五年につくり始めると、たちまち西部の男たちの間に大ブームを引き起こし、「ステットソン」「ジョン・B」はカウボーイハットの代名詞となった。テンガロンハットは一九二〇年代に生まれたもので、十九世紀末の西部の帽子はほとんどステットソンの帽子だった。

＊15　ここでモンゴル人と呼ばれているのもおそらく中国人と考えられる。

かかった。私は身体をねじり、向きを変えた。そして、少なくとも二十ブロック、まっすぐに走ったといっていい。二度とあの中国人を見ることはなかった。その帽子はしゃれていた。新品のステットソンで、買ったばかりのものだった。みんなが羨ましがった。さらにその帽子は、私が期待されたことをやりとげたことのシンボルになった。私は一年以上、その帽子をかぶっていた。

ロードキッドたちは、気持ちのいい連中だ――ただし、それは彼ら一人一人に会って、彼らが体験を話してくれるときに限られる。私のいうことを信じてほしいのだが、彼らが集団でいるときは気をつけることだ。仲間といっしょだと、彼らはオオカミになる。そしてオオカミと同じように、どんな強い男でも引きずり倒すことが出来る。そんなとき彼らは臆病ではなくなる。男に身体ごとぶつかっていき、その針金のようにしなやかな身体に秘められた力を全部出し切って男につかみかかる。

男はついに投げ倒され、抵抗出来なくなる。私は一度ならずそういう場面を見たことがあるから、自信をもってそういえる。彼らがそんなことをするのは通常、強奪のためだ。だから〝腕っぷしの強いやつ〟には注意することだ。私がいっしょに旅をした仲間の少年たちはみんなこれのエキスパートだった。フレンチ・キッドでさえ両脚をなくす前は、このやり方を習熟していた。

一度、〝柳〟のところで目撃した光景は、いまも強く印象に残っている。〝柳〟とは、駅の近くの荒れ果てた土地にある木の茂みで、サクラメントの中心部から歩いて五分ほどのところにあった。夜で、あたりは弱い星の光で照らされている。ロードキッドたちの真ん中に、一人のがっちりした労働者が見える。彼は怒っていて、少年たちをののしっている。彼らを恐れてはいない。自分の力に自信を持っている。体重は百八十ポンド（約八十一キロ）ほどある。筋肉はたくましい。しかし彼には、これから闘う相手のことがわかっていない。

少年たちはうなり声をあげている。気持ちのいい光景ではない。彼らは四方から飛びかかる。男も突進し、攻撃に備えてぐるぐる回る。バーバー・キッドが私のそばに立っている。男がぐるぐる回るたびに、バーバー・キッドは前に飛び出して、思いどおりに男をやっつける。男の背中を膝で蹴る。右手が、背後から男の首のまわりに近づき、骨ばった手で男の頸静脈を絞めつける。バーバー・キッドは身体を後ろに倒す。それが強力なてこの働きをする。これで男の呼吸がとめられてしまう。これこそ、腕っぷしの強さだ。

男は抵抗するが、すでにもうなすすべもない。ロードキッドたちは四方から男にかかっていく。腕、脚、身体にしがみつく。オオジカの喉にくらいついたオオカミのように、バーバー・キッドは男にしがみつき、後ろへ引っぱる。

男は倒れ、その上に少年たちがのしかかる。バーバー・キッドは身体の位置を変えるが、決して男を放さない。何人かの少年がえじきとなった男の〝身体をまさぐる〟あいだ、他の少年たちは、男が蹴ったり叩いたり出来ないように、両脚を押さえている。その機会を利用して、男の靴を脱がしてしまう。男は降参する。すっかり打ち負かされる。それに、喉を強く絞めつけられたために、息が切れている。耳ざわりな、ぜいぜいいう声をたてる。ロードキッドたちは手早くやってのける。彼らは本当は男を殺したいわけではない。仕事は終わった。放せという一言で全員がすぐに手を放す。そしてロードキッドたちは散り散りになる。一人が男の靴を持っていってしまう——どこに持っていけば靴が半ドルで売れるか彼は知っているのだ。男は立ち上がり、あたりを見まわす。ぼうっとして、もうどうすることも出来ない。そうしたいと思っても、靴をはかずに暗闇のなか少年たちを追いかけるのは不可能だ。

　私はしばらくそこに残って男を見つめる。男は喉のところに手をやって、空咳(からせき)をし、首の骨がはずれていないか確かめるように、奇妙な具合に首を動かす。それから私は、そこを離れ、仲間たちに追いつく。男の姿を見ることは二度とない——ただこれからいつも男のことを思い起こしはするだろう。星明かりのなか、座り込み、どこかぼうっとし、少し怯(おび)え、髪が乱れ、そして頭と首を奇妙な具合に動かしている男の姿を。

酔っ払いはロードキッドたちの格好のえじきである。酔っ払いから強奪することを彼らは〝放浪者をころがす〟という。どこにいても、彼らはたえずどこかに酔っ払いがいないか目を光らせている。ハエがクモの特別の食べものであるのと同じように、酔っ払いは彼らの特別の食べものだ。酔っ払いをころがすのは、多くの場合、見ていて楽しい。とくに相手が抵抗のしようもなく、邪魔が入りそうにないときはそうだ。最初の襲撃で酔っ払いの金と宝石が奪われる。次にロードキッドたちはえじきのまわりに、インディアンの集会のように座り込む。一人が男のネクタイを気に入るとそれがはずされる。別の少年が下着をほしがる。それが脱がされる。少年のサイズに合わせるために腕と脚のところがナイフで切られ調節される。コートとズボンは少年たちには大きすぎるので、仲の良い放浪者を呼んで来て彼に与える。そして最後にはみんなその場を去る。あとには酔っ払いのまわりに、捨てられたボロ切れの山が残る。

また別の光景を思い出す。暗い夜のことだった。私の仲間は郊外の道を歩いていた。私たちの前方を、ひとりの男が電灯の下、通りを斜めに渡った。男の歩き方は、はっきりとした目的がなく、ふらふらしている。ロードキッドたちは瞬間的に獲物の匂いをかぎとる。

男は酔っ払っている。彼は反対側の歩道をふらふらしながら横切り、暗闇に消える。空地を抜けて近道をしたらしい。獲物を追う叫び声はあげずに、少年たちの群れはすぐに男を追って飛び出して行く。彼らは空地の真ん中で男に襲いかかる。しかし、何が起きたのか――うなり声と見慣れぬ姿、小さくてかすんでいるが殺気立っているものが、少年たちと獲物のあいだに見える。別のロードキッドの一団だ。双方がにらみ合う。そのうち私たちにはわかってくる。この酔っ払いは彼らの食べもので、彼らは十二ブロック以上も男を追ってきて、そこに私たちが入り込んだのだ。それにしても、これは原始時代さながらの光景である。あちらのオオカミはまだ子どものオオカミだ（実際、十二、三歳以上のものは一人もいなかったと思う。のちに彼らの何人かと会ったが、彼らはその日〝丘〟を越えてこの町に着いたばかりだった。デンヴァーとソルトレイク・シティから来ていた）。

私たちの一団が前に飛び出す。赤ん坊のオオカミたちは、わめき、金切り声をあげ、小さな悪魔のように闘う。酔っ払いのまわりで、獲物を奪おうと乱闘が激しくなる。男はその乱闘のただなかに巻き込まれ、男の奪い合いはいよいよ激しくなる。その争いは、倒れた英雄の身体から鎧（よろい）をはぎ取ろうとするギリシア人とトロイ人を思わせる。叫び声と涙と泣き声のなかで、ついに赤ん坊のオオカミたちは追い立てられ、私の仲間たちが酔っ払いをころがす。

それにしても私がいまでも思い出すのは、あの哀れな酔っ払いと、空地で突然始まった乱闘をびっくりして見ている彼の困惑した表情だ。間の抜けた驚きの表情を浮かべながら、自分でもわけがわからない大勢の人間たちのケンカをなんとかとめようと仲裁の役割を買って出ようとするお人好(ひとよ)しの男の姿が、暗闇のなかにいまもぼんやりと見える。無抵抗なままに、大勢の手でつかまれ、引きずり倒され、押さえ込まれるときに男の顔に浮かんだ傷ついた表情がいまも思い浮かぶ。

〝荷物を持った放浪者(ビンドル・スティック)〟はロードキッドのお気に入りの獲物だ。〝荷物を持った放浪者〟とは、きちんとした仕事を持った放浪者のことをいう。彼らは、〝荷物(ビンドル)〟と呼ばれる、寝具用の毛布を巻いたものを持って旅をしているところからそう呼ばれるようになった。

彼らは仕事をしているから、ふつうは小金(こがね)を持っていると思われる。ロードキッドが狙うのはその小金だ。彼らを狙う絶好の狩り場は、町はずれの家畜小屋、納屋、材木置き場、鉄道の駅構内など。狩りの時間は夜、彼らが毛布に丸くなって眠るこうした場所を探しているときだ。

〝新米(ゲイキャット)〟もまたロードキッドの手にかかって悲嘆にくれる。もっと身近ないい方をすると、〝新米〟とは、新入り、新人、初心者のことだ。〝新米〟は、新入りの〝放浪の旅〟をする者で、彼らは大人か、少なくとも人生経験のある若者である。一方、〝放浪の旅〟をしている子どもは、どんなに経験が浅くても〝新米〟ではない。彼は、ロードキッドもしくは、〝不良(パンク)〟である。

その子どもが〝プロ〟といっしょに旅をしていれば、彼は、〝プラシャン〟（浮浪者にかわって物乞いする浮浪児）と呼ばれる。私は一度も〝プラシャン〟になったことはない。人のものになるのが嫌いだったからだ。私は最初はロードキッドになり、次にプロになった。若いころから放浪生活を始めたので、〝新米〟の見習い期間を飛ばしてしまったといっていい。それでも短い間だったが、フリスコ・キッドというあだ名からセイラー・ジャックに変わるまでは、私も新米ではないかと疑われて苦労したものだった。しかし、私のことを新米と疑った連中も私のことをよく知るようになると、すぐに考えを変えた。そしてすぐに私は本物のプロだと一目でわかる雰囲気と特徴を身につけた。ここではっきりといっておきたいが、プロは〝放浪の旅〟の貴族である。領主であり、主人である。強い人間であり、原始時代の貴族であり、ニーチェが愛した〝金髪の獣（ブロンド・ビースト）〟*16である。

ネヴァダから〝丘〟を越えて戻ってみると、川の海賊がディニー・マクリーの船を盗んでしまったことがわかった（いまになってみるとおかしなことだが、私は〝ギリシア人ニッキー〟といっしょにオークランドからポート・コスタまで乗っていた小船がどうなったか覚えていない。警官の手に渡らなかったこと、サクラメント川をさかのぼったときその船をいっしょに引っぱっていったのではないことは確かだ。私はそれしか覚えていない）。

ディニー・マクリーの船が盗まれたと知って私は〝放浪の旅〟に出ることを誓った。そしてサクラメントに飽きると、仲間に別れを告げ（彼らは私が町に出るとき、例によって冗談半分で、私を貨物列車に乗せまいとした）、そして旅客列車に乗って旅に出、サン・ウォーキン渓谷を下っていった。〝放浪の旅〟は私をしっかりとつかんで離さなかった。

のちに、海に航海に出てさまざまなことをやったが、そのあとも私は、〝放浪の旅〟に戻り、さらに長いただ乗りの旅を続け、〝彗星〟や〝プロ〟と呼ばれるようになった。そして、社会学という浴槽に飛び込み、それにどっぷりとつかることになった。

＊16　ニーチェの造語。原語は die blonde Bestie で、「金毛獣」とも訳される。ゲルマン民族の貴族的道徳の体現者とされ、ナチズムに通じるものと批判されたことがある。

8　二千人の放浪者の行進

絶望の町

〝スティフ〟とは放浪者（トランプ）のことをいう。一度、二千人を超える彼らの〝集団（ブッシュ）〟と数週間旅をする破目になったことがある。彼らは〝ケリーの軍隊〟として知られていた。カリフォルニアからはるばると、荒々しく波瀾万丈（はらんばんじょう）の大西部を旅し、その間ずっとケリー将軍とその英雄たちは、列車のただ乗りに成功していた。しかし、ミズーリ川を渡り、軟弱なはずの東部にさしかかったところで、彼らの旅はうまくゆかなくなった。東部の連中は二千人を超えるホーボーをただで汽車に乗せてやるつもりはまったくなかった。ケリーの軍隊はなすすべもなく、しばらくのあいだカウンシル・ブラッフス（アイオワ州の町）で過ごすほかなかった。私が彼らに合流した日、旅の遅れで投げやりになった彼らは、ある列車に乗り込もうと行進を始めた。

それは実に堂々たる光景だった。ケリー将軍は、素晴らしい黒馬に乗っている。彼の指揮下の二千人の放浪者（スティフ）は、歩兵中隊ごとに二師団に分かれ、鼓笛隊の音楽に合わせ、旗を振りながら、将軍の前を回れ右して前へと行進してゆき、七マイル先のウェストンという小さな町へ向かって、田舎町を歩いてゆく。私は新参者だったので、第二師団の最後の連隊の、最後の歩兵中隊の、そのまた最後衛のしんがりを歩いた。軍隊はウェストンに着くと線路脇で野営した——正確にいうと線路は複線でシカゴ・ミルウォーキー・セント・ポール線とロックアイランド線の二つの鉄道が走っていた。

軍隊ははじめ、一番列車に乗るつもりだったが、鉄道員が私たちの計画を〝妨害〟した——そして彼らが勝った。一番列車が来なかったのだ。彼らは二つの線を不通にし、列車の運転をとめてしまった。私たちは仕方なく、列車の通らない線路脇に横になっていた。ところがその間に、オマハとカウンシル・ブラッフスの善良な市民が立ち上がってくれた。彼らも私たちのような集団を組織し、カウンシル・ブラッフスで列車を乗っ取り、それを私たちのいるところまで走らせて、贈り物として提供する。そういう準備が始められた。鉄道員たちはこの計画も壊しにかかった。彼らは町の人々が到着する前に行動を起こした。次の日の朝早く、専用列車を一両つけた機関車が駅に到着し、引き込み線に入った。それまでの死んだようだった線路が一気に活気づいたのを見て、ケリー軍の放浪者たちは全員線路に沿って並んだ。

しかし、死んだような線路が活気づいたといっても、それは恐しいほどの活気だった。西から機関車の汽笛が聞こえた。東行きの列車で私たちの方に向かってくる。私たちは東に行くことになっていたから、みんなこの列車に乗り込もうと意気込んだ。ところがせわしなく怒ったように汽笛を鳴らしながら、列車は猛スピードで唸(うな)りをあげてくる。ホーボーがこんな列車に飛び乗ろうとしたら死んでしまう。続いてまた機関車の汽笛が聞こえる。列車がまた猛スピードで走り去ってゆく。さらにまた次の列車、また次。次々に列車が走り去ってゆく。そして最後の列車は、客車、有蓋貨車(ボックス・カー)、長物車(フラット・カー)、壊れた機関車、車掌車、郵便車、レッカー車、それに、大きな鉄道の構内に集められる使い古しの、捨てられた車両といったがらくたばかりをつなげた列車になってしまった。カウンシル・ブラッフスの構内はからっぽになったわけだ。専用列車と機関車は東に行ってしまい、あとにはただ、いつまでも使われなくなった線路が残っているだけ。

その日はそれで終わった。次の日も同じだった。動くものは何もない。その間、みぞれと雨とあられに打たれた二千人のホーボーは、線路脇に横になっていた。しかし、その晩、カウンシル・ブラッフスの善良な人々が、鉄道員たちをうまく出し抜いた。カウンシル・ブラッフスの町で組織された一団が川を渡ってオマハに行き、そこで別の一団といっしょになりユニオン・パシフィックの構内を襲撃した。彼らはまず機関車を奪い、次に急いで列車を編成し、二つの集団がいっしょに乗り込んで、ミズーリ川を渡った。そしてこの列車を私たちに渡そうとロック・アイランド鉄道をまっすぐに走ってきた。

鉄道員たちはこの計画をなんとか阻止しようとしたが失敗した。ウェストンの保線係のボスと保線係の一人は恐怖に縮みあがった。この二人は、秘密の電信の指令を受けて、私たちの同調者である町の人々がたくさん乗っている列車を、線路をはがして転覆させようとしたのだ。たまたま私たちは警戒してパトロールを出していた。列車転覆の現場を押さえられ、二人は二千人の怒り狂ったホーボーに囲まれた。

この保線係のボスと助手は、死を覚悟したほどだった。そのとき列車が到着して大騒ぎになったので、どうして彼らが助かったのかは覚えていない。

しかし今度は私たちが失敗する番だった。実際、失敗してしまった。二つの町の人々の集団は急いでいたので、私たち全員を乗せるだけの余裕のある長い列車を編成するのを忘れてしまったのだ。せっかく着いた列車には二千人を乗せる場所はなかった。そこで私たちホーボーと町の人たちは話し合いを持ち、友好を結び、歌を歌い、そして別れることにした。町の人たちは、奪った列車に乗ってオマハに戻る。私たちホーボーは翌朝、デモイン[*1]まで百四十マイルの道を行進することになった。実際にわがケリー軍が歩き始めたのはミズーリ川を渡ってからで、そのあとは列車に乗らず、ずっと歩き通した。この事件は鉄道側に大きな金銭的損害を与えたが、彼らはホーボーを絶対にただで列車

＊1　アイオワ州の州都。十九世紀後半は炭鉱が栄えていた。現在は、多くの保険会社が本社を置いていることでも知られる。

に乗せないという原則を守り、そして勝ったのだ。

アンダーウッド、レオーラ、メンデン、アヴォカ、ウォルナット、マーノ、アトランティック、ワイオト、アニタ、アデア、アダム、ケーシー、スチュワート、デクスター、カーラム、デ・ソト、ヴァン・メーター、ブーンヴィル、コマース、ヴァレー・ジャンクション——いま地図を調べ、肥沃(ひよく)なアイオワ[*2]の旅のあとをたどってみるとき、こうした町の名前が思い出されてくる！ それにあの私たちを歓迎してくれたアイオワの農家の人たち！ 彼らは荷馬車を用意し、私たちの荷物を運んでくれ、昼には道路脇で温かいランチを出してくれた。どの小さな町も居心地がよく町長は私たちに歓迎のスピーチをしてくれた。おかげで私たちは元気で旅を続けることが出来た。女の子たちの代表が私たちを迎えに出てくれる。善良な町の人たちが何百人も繰り出し、腕を組み、メインストリートを私たちといっしょに行進する。私たちが町に入ると、もう町じゅうがお祭り騒ぎになった。いたるところに町があったから毎日がお祭りだった。

夜になると町じゅうの人が私たちのキャンプに押しかけてくる。歩兵中隊ごとに焚(た)き火をしているのだが、その火のまわりで楽しいことが始まる。私が所属していたL歩兵中隊のコックたちは歌と踊りの名手で、彼らが大いに私たちを楽しませてくれた。他の焚き火のところでは、合唱団が歌を歌う——そのなかのスター歌手の一人は、L歩兵中隊から引き抜かれた〝歯医者〟で、私たちは彼のことを大いに誇りに思っていた。

それに、彼は全軍の兵士の虫歯を抜いた。歯を抜くのはたいてい食事の時間に行なわれたので、そのときのさまざまな騒ぎのために、私たちの消化は大いによくなった。〝歯医者〟は麻酔薬を持っていなかったが、仲間の誰かがいつでもすすんで患者を取り押さえる用意が出来ていた。各歩兵中隊や合唱団の芸に加えて、よく教会の礼拝も行なわれ、田舎の牧師が式を司った。またいつも政治演説も行なわれた。どれもみんな同じように楽しいもので、私たちの野営地はまるで祭りのときのにぎやかな大通りのようだった。二千人もホーボーがいればそのなかに才能のある人間はたくさんいる。野球のチームを作り、日曜日にその町のチームに大勝したことを覚えている。日曜日に二試合やることもあった。

昨年、講演旅行しているとき私はプルマン車両に乗ってデモインの町に着いた――プルマンといっても〝サイドドア・プルマン〟（貨車）ではなく、本物の高級車両のプルマンのことだ。町はずれに古いストーヴの工場を見たときには心が躍った。十年以上前、ケリーの軍隊が疲れ切って横たわり、足がくたくたでもうこれ以上は歩けないと誓いを立てるように強くいったのは、このストーヴの工場でだった。私たちはストーヴ工場を

＊2　ミズーリ川とミシシッピ川に挟まれた平原の州アイオワの大部分がプレーリーという肥沃な草原地帯で、コーンベルトの中核をなす。

占拠し、デモインの町の人に、ここにいるつもりだと宣言した。——私たちは歩いてやってきたが、いずれ町を歩いて出て行けたら有り難い。デモインの人たちは私たちを歓待してくれたが、親切にも限度があった。心やさしい読者よ、頭のなかで少し計算してみてほしい。

二千人のホーボーが三食きっちりと食べると、一日に六千食、一週間に四万二千食、あるいは、カレンダーのいちばん短い月でも十六万八千食になる。これはかなりの量になる。私たちには金がなかったから、デモインの町の人たちに頼るしかなかった。

デモインの町は絶望的な状況におちいった。私たちはキャンプで暮らし、政治演説をし、敬虔（けいけん）な音楽会を開き、歯を抜き、野球やトランプのセブン・アップ遊びを楽しみ、そして一日に六千食の食事をした。デモインの町がその食事代を払った。町の人たちは鉄道会社に善後策（ぜんごさく）をとるよう懇願したが、会社は頑固だった。放浪者を列車に乗せるつもりはないと彼らはいった。それで終わりだった。私たちを乗せたら先例を作ることになる。彼らには先例を作るつもりはなかった。そして私たちは、ひたすら食事をし続けている。この状況のなかで、これは恐るべき要素だった。私たちはワシントンに向かっている。私たちの鉄道料金をすべて払うには、たとえ特別料金としても、デモインの町の人は、市の公債を発行しなければならないし、もし私たちの滞在が長びけば、私たちを食べさせるためにいずれにせよ公債を発行しなければならないだろう。

私たちの革命

そのときある町の天才がこの問題に解決を与えた。私たちはもう歩けない。よし、わかった。それなら船に乗ればいい。デモインからミシシッピ川畔のキオカクまで[*3]、デモイン川が流れている。この川の流れは、三百マイル（約四百八十キロ）ほどの長さになる。この川に乗ればいいと町の天才がいった。浮かぶものさえ準備出来れば、川の流れに乗ってミシシッピ川をオハイオ川まで下り、次にオハイオ川を上り、山を越えて作られている短い水路をたどればワシントンに着く。

デモインの町は寄付を募った。公共心のある市民が数千ドル寄付をした。材木、ロープ、釘、船の水もれをふさぐための綿が大量に購入され、デモイン川の堤では時ならぬ造船が始まった。ところで、デモイン川というのはちっぽけな流れで、〝川〟と呼ぶのはおこがましいものだった。広大な西部でなら〝支流（クリーク）〟でしかない。町の古い人間たちは、首を振って、この川を下ることは無理だといった。船を浮かべるだけの水がない。しかしデモインの人たちは、私たちを追い出せるのなら、そんなことは気にしなかった。私たちもたっぷりと食べた楽天家だったので、先のことは心配しなかった。

一八九四年の五月九日水曜日、私たちは出発し、壮大なるピクニックを開始した。デ

＊3　バーリントンから下流約五十kmのところにある、ミシシッピ川右岸の町。

モインは軽い負担だけですむことになった。町を困難な事態から助け出してくれたあの町の天才にはブロンズ像のひとつも立ててやらなければならないだろう。なるほどデモインの町の人たちは私たちの船を作る費用を払わなければならなかった。私たちはストーヴの工場で六万六千食も食べた。さらに船旅にあたって、軍の糧食を受け持つ兵站部には、一万二千食も用意された——荒野での飢餓にそなえての食料である。こうした負担はたしかにあったが、私たちがこの町に十一日間ではなく十一か月滞在することになったらどんな事態になっていたか考えてみればいい。さらに、出発のとき私たちは、川に船を浮かべられなかったらまた戻ってくるとまでデモインの人たちにいったのだ。兵站部に一万二千食もの食料を持っているということは非常にいいことだった。兵站部の〝ワル〟たちが喜んだことは疑いない。そいつらは食料を盗んでたちまち姿を消し、私の船はじめ、誰も彼らを二度と見ることはなかったのだから。歩兵中隊の隊形は、この川旅行のあいだに救いようがなくばらばらに崩れてしまった。どのキャンプにも、なまけ者、どうしようもないやつ、ただ普通というだけのやつ、それにやり手という連中が何人かいるものだ。私の船には十人乗っていたが、連中はL歩兵中隊でもふだつきの人間だった。全員、やり手だった。私は二つの理由でこの十人のなかに入っていた。まず私は、〝物乞いする〟ことにかけては優秀だった。次に私は、〝セイラー・ジャック〟と呼ばれていたように、船と船の操縦にくわしかった。私たち十人はL歩兵中隊の残りの四十人のことなど忘れてしまった。一食食べそこなったときまでには、兵站部のことなど忘れてしまった。自分の食べものは自分で調達するだけだ。私たちは〝自力〟で川を下り、必死に〝食べもの〟をあさり、艦隊の他の船すべてを打ち負かした。そして、白状しておかなければならないが、ときには農家の人たちが軍全体のために集めておいてくれた必需品も横取りした。

三百マイルの旅のうち、かなりの部分、私たちは半日から一日ほど軍より先に進んでいた。うまくアメリカの旗をいくつか手に入れていて、小さな町に近づいていくときや、堤に農家の人たちが集まっているときには、その旗を掲げ、自分たちは〝先遣隊〟だといって、軍のためにどんな物資が用意されているか聞きただした。もちろん私たちは軍隊を代表しているといい、物資は私たちに引き渡された。しかし、私たちはケチな人間ではない。持って逃げられる以上の量は決して取らなかった。しかしあらゆるもののなかから最上のものを頂戴した。たとえばある博愛主義の農夫が数ドルの価値があるタバコを寄付したら、私たちはそれを頂戴した。さらに、バターと砂糖、コーヒーと缶詰を頂戴した。しかし、用意された物資が袋入りの豆や小麦粉、殺された雄の牛が二、三頭といった場合には、私たちは断固として受け取るのを控え、そうした食料はあとから来る兵站部の船に渡すようにという命令を残して立ち去った。

しかしはっきりいって、私たち十人は贅沢な暮らしを楽しんだ！　ケリー将軍はずっと私たちの先回りをして捕らえようとしたが無駄だった。将軍は二人の漕ぎ手を軽い丸底の船に乗せ、私たちに追いついて海賊行為をやめさせようとした。たしかに彼らは私たちに追いついたが、むこうは二人、こちらは十人だ。彼らはケリー将軍から私たちを捕虜にする権限を与えられていて、そう告げた。私たちが捕虜になるのなどごめんだというと、彼らは急いで次の町に行き、当局の助けを借りようとした。私たちはただちに岸に上がり、いつもより早く夕食を取り、暗闇にまぎれて、その町の人間と当局に見つからないように走り去った。

私はこの旅の一部を日記につけていたが、いま読み返してみると、しょっちゅう出てくる言葉があるのに気がつく。つまり「快適に暮らす」だ。実際、私たちは快適に暮らした。湯で沸かしたコーヒーなど飲めるかと軽蔑したほどの暮らしだった。かわりにミルクでコーヒーを沸かした。この素晴らしい飲みもののことを、たしか〝淡いウィーン〟と呼んだ。

私たちが先行して、最良の食べものを頂く。兵站部ははるか後方で見えもしない。あいだに挟まった軍の本隊は飢えていた。軍隊にはつらいことだったということは私も認める。しかし、私たち十人は軍隊より個人のほうを大事にする人間だった。私たちには創造力と積極さがあった。私たちは、食いもの(グラブ)は最初に見つけたものが取る、〝淡いウィーン〟は強いものが取る、と固く信じていた。ある行程をケリーの軍隊は四十八時間食いものなしで進んだ。それから住人が三百人ほどの小さな村に着いた。村の名前は、はっきり覚えていないがレッド・ロックだったと思う。この町では、これまでケリーの軍隊が通過してきたすべての町のやり方にならって、安全委員会を組織していた。一世帯五人とすると、レッド・ロックには六十世帯あることになる。町の安全委員会は、突然二千人もの腹を減らしたホーボーがあらわれ、川の堤に沿って二列三列と船を並べているのを見て、恐怖に震え上がった。ケリー将軍は公正な男だった。彼には町を襲う意図はなかった。六十世帯の人間に、二千人分の食事を用意してもらおうとは期待していなかった。それに軍には資金があった。

しかし安全委員会は理性を失っていた。「侵略者を勇気づけるな」が彼らの考えだった。そしてケリー将軍が食料を買いたいと申し出ると、彼らはそれを拒否した。売るものなどひとつもない。それにケリー将軍の金はこの町では〝使えない〟。そこでケリー将軍は行動を起こした。ラッパが鳴る。軍隊は船を降り、堤の上で戦闘隊形を取る。委員会はそれを目のあたりに見る。ケリー将軍のスピーチは簡潔だった。

「みんな」彼はいう。「いつから食っていない？」

「一昨日から」全員が叫ぶ。

「腹が減っているか？」

二千人の喉から発せられる、そのとおりだという声があたりを揺るがせた。それからケリー将軍は安全委員会のほうを向いていう――。

「諸君、状況は見てのとおり。兵隊たちは四十八時間何も口にしていない。もし彼らをこの町で自由にさせたら、何が起こるか、私は責任を持てない。みんなやけになっている。私は彼らの食料を買いたいと申し出たのに、諸君は売るのを断った。それなら私は申し出を引っこめる。かわりに、私は要求する。考える時間を五分与える。雄の子牛六頭を殺して四千食の食事を提供するか、それとも兵隊たちを自由にしたい放題させるか。諸君、時間は五分だ」

　震え上がった安全委員会は二千人の腹を減らしたホーボーを見て降伏した。五分も必要なかった。彼らは危険をおかすつもりはなかった。ただちに牛が殺され、命じられたものが集められ、軍隊は食事をした。

　そのころ私たち十人の恥知らずな個人主義たちは相変わらず軍隊に先回りして暴れまわり、目に入るものをすべて頂戴していた。しかしケリー将軍は私たちから目を離していなかった。彼は堤に沿って騎手を走らせ、農夫や町の人たちに私たちに気をつけるように警告した。彼らはそれを徹底的にやった。前には私たちを歓迎してくれた農夫たちが、こんどは手のひらを返したように冷たくなった。さらに彼らは、私たちが船を堤につないでいるのを見ると警官を呼び、犬を放った。私は二匹の犬に、川の手前の鉄条網の柵のところで追いつかれてしまった。ちょうど〝淡いウィーン〟用のミルクをバケツに二杯運んでいるところだった。

そこで柵を壊すようなことはしなかったが、おかげで汚い水で沸かした最低のコーヒーを飲む破目になってしまった。破れたズボンの代わりをもらいに物乞いに出かけるかどうかは、私の気分次第だ。親愛なる読者よ、両手にミルクの入ったバケツを持って鉄条網の柵を急いで越えようとしたことがおありだろうか。あの日以来、私は鉄条網には偏見を持ち、この問題についてみんながどんな意見を持っているか統計を集めている。

ケリー将軍が騎手を二人、先回りさせているかぎり、気ままな暮らしを続けることが出来なくなったので、私たちは軍隊に戻り、そこで革命を起こした。それは小さな出来事だったが、第二師団L歩兵中隊に打撃を与えるには充分だった。そもそもL歩兵中隊の隊長は、隊に戻った私たちを認めようとせず、脱走兵、裏切者、ろくでなしとののしった。兵站部からL歩兵中隊の割り当て食料をもらったときも、それを私たちにくれようとはしなかった。

彼は私たちが食べものを持ってきてやっても感謝しようとしなかったし、私たちが運んできた食べものを受け取ろうともしなかった。私たちはただちに、隊の中尉を仲間に引き込んだ。彼は、自分の船の十人の部下とともに私たちの仲間になった。そのお返しに、私たちは彼を新しく作ったM歩兵中隊の隊長に選んだ。それを知ったL歩兵中隊の隊長は怒り狂った。ケリー将軍、スピード大佐、ベーカー大佐も私たちを叱りつけた。

私たち二十人は団結し、革命は認められた。

しかし私たちは二度と兵站部の世話にはならなかった。仲間の才覚の利く連中が農夫たちからもっといい食料を調達してきた。しかし、新しく選んだ隊長は部下を信用していなかった。朝、私たち十人が食料調達に出かけてしまうと、彼は二度と私たちを指揮下に置くことが出来なくなってしまう。そこで彼は、自分の地位をしっかりとつなぎとめておくために鍛冶屋（かじや）を呼んだ。私たちの船の船尾に、両側に一本ずつ、重い鉄の目付（アイ）ボルトが二本打ちこまれた。一方、彼の船の舳先（へさき）には、二本の大きな鉄の鉤（かぎ）が取り付けられた。

船は船尾のほうからひとつにまとめられ、鉤がそれぞれの船の目付（アイ）ボルトに引っかけられる。それで私たちはしっかりと固く結ばれたことになる。もう中隊長から逃れることは出来ない。しかし私たちはへこたれなかった。この不自由な状態から、艦隊の他のすべての船を打ち負かすことの出来る無敵の方法を作り出したのだ。

すべての偉大な発明品がそうであるように、私たちのこの画期的な方法も偶然から生まれたものだった。私たちは、小さな急流ではじめて水中の倒木の上に船を乗り上げてしまったときに、この方法を思いついた。先頭の船が動きがとれなくなってしまい、錨（いかり）を下ろした。うしろの船が流れのなかをまわって、倒木に乗り上げた先頭の船を引っぱって旋回させる。私は、うしろの船の船尾で舵（かじ）をとる。そうやってなんとか倒木に乗り上げた船を流れに戻そうとしたが、うまくゆかない。そこで私は先頭の船に乗っている連中に、こちらの船に乗り移るように指示を出した。からっぽになった船はすぐに流れに浮いた。そこでみんなまたもとの船に戻った。この方法を思いついてからは、倒木も暗礁も浅瀬も砂州も、もう怖くはなくなった。

先頭の船が座礁するとすぐに、乗組員がうしろの船に飛び移る。その結果、先頭の船は障害物から自由になって流れに浮かぶ。こんどはうしろの船が座礁する。するとうしろの船にいる二十人が先頭の船に飛び移る。それでうしろの船が流れに浮かぶ。

ケリーの軍隊が使っている船はみんな似通っていて、のこぎりでカットされた原木で作られている。平底で長方形をしている。幅は六フィート、長さ十フィート、深さ一フィート半。私たちはこの船を二隻、鉤でつないだ。私は船尾に座って二隻あわせて長さが二十フィートになる船の舵をたくみにとっていく。この船には、二十人のがっしりとしたホーボーが乗っていて、〝交代〟で櫓や櫂を漕ぐ。さらに船には、毛布、料理用具、それに私たち専用の食料が積み込まれている。

私たちは依然としてケリー将軍を悩ませ続けた。

彼は騎手を呼び戻し、かわりに三隻の警察船を私たちの対策にあてた。この船は先頭に立って進み、他の船が追い抜いて行くのを阻止する。しかしわれらM歩兵中隊を乗せた船は彼らのすぐ近くまで接近する。追い抜くことは簡単だがそれはルールに反する。

そこで敬意を払ってある距離を保ち、うしろでチャンスを待っている。先には、まだホーボーたちが物乞いに行ったことのない、寛大な、誰の手にも汚されていない農民たちの土地があることはわかっていたが、私たちはあわてなかった。ただ急流にぶつかるチャンスをうかがっていた。そしてついに川の角を曲がって急流の姿があらわれたとき、私たちにはそこで何が起こるかがあらかじめわかっていた。警察船一号が丸石にぶつかって、乗り上げてしまう。ドシン！　警察船二号が同じことになる。ゴッン！　警察船三号が同じ運命にあう。もちろん私たちの船も同じ状態になるが、一人、二人と次々に先頭の船からうしろの船へと飛び移る。

そしてまた、一人、二人とうしろの船から前の船へと飛び移る。さらに一人、二人とうしろの船に乗ったものはもとの船に戻り、そうやって私たちは勢いよく進んでゆく。「とまれ！　このくそいまいましいやつらめ！」警察船の連中が叫ぶ。「どうやってとまればいいんです？　――こんないまいましい川じゃ、どうしようもないですよ！」と私たちはいかにも悲しそうな声を出す。そのあいだにも私たちは波にもまれて彼らから離れてゆく。情け容赦もない急流は私たちを勢いよく運んでいき、やがて私たちの姿は彼らから見えなくなる。私たちは寛大な心の農民たちの土地に入っていく。そこで食料庫に、最高の食べものを補充する。私たちは再び〝淡いウィーン〟を飲み、食べものは早いもの勝ちだと実感する。

可哀そうなのはケリー将軍だった。彼はまた新たな方法を考え出した。全軍が私たちより先に出発する。わが第二師団のM歩兵中隊は、艦隊のしかるべき位置に着く。つまり最後尾だ。それでも私たちが将軍の計画を〝つぶす〟のに一日しかかからなかった。行く手には二十五マイルも続く、航行には向かない川の流れが待っているのだ――急流、浅瀬、砂州、丸石。出発前にデモインの古老たちが川を下るなんて無理だといったのはこの流れのことだった。二百隻近い船が、私たちより先にこの流れに入り込んでしまった。そして驚くべき格好で次々に座礁していった。私たちはその座礁した艦隊の横をなんなく通り過ぎていった。

もちろん堤の上を行く以外に、丸石、砂州、倒木を避けて通る方法はない。私たちは避けて通ることはしなかった。まっすぐに妨害物にぶつかっていった。一人、二人、一人、二人、先頭の船、うしろの船、先頭の船、うしろの船、乗組員は前へうしろへ、また前へと移っていく。その夜、私たちだけで野営し、次の日は一日、キャンプのところでぶらぶらと遊んで暮らした。そのあいだケリーの軍隊は、壊れた船に継ぎをあてたり修理したりし、ばらばらになって私たちのあとを追うという体たらくだった。

キャノンボール

私たちの反抗精神は誰にもとめられなかった。私たちがマストを立て、帆布（毛布）

を張り、航行時間を短縮していったのに対し、ケリーの軍隊のほうは、私たちを見失わないためには、働きづめにならざるを得なかった。ついにケリー将軍は、話し合いに訴えることにした。

川では他の船はどれも私たちに触れることは出来なかった。私たちは、これまでデモイン川を下った最高の一団だった。それは議論の余地がなかった。警察船による、先に行ってはならないという禁止令もなくなった。スピード大佐が私たちの船に乗り、私たちはこの有名な将校とともにミシシッピ河畔のキオカクに最初にたどり着くという栄光に浴した。ここで私は、ケリー将軍とスピード大佐に、ぜひ握手をしたいといっておきたい。

あなたがた二人は英雄であり、真の男だった。M歩兵中隊の先頭の船が引き起こした災難の少なくとも十パーセントには責任を感じ、謝罪したい。

キオカクで船はすべてひとつにつながれ筏が作られた。そして、風のために一日船出を延ばしたあと、蒸気船が筏を引っぱってミシシッピ川を下り、イリノイ州のクインシー[*4]に着いた。私たちは川を渡った向こう側のグース・アイランドで野営した。筏は解体され、こんどは船は四つのグループにまとめられて、上甲板が作られた。クインシーはアメリカのこの規模の町ではいちばん豊かな町だという話を私は聞いた。

それを聞くと、私はたちまち物乞いに出かけたいという衝動にかられた。〝本物のプロ〟なら、そんな施しが期待出来る町を素通りしたりは出来ないものだ。私は川を渡ってクインシーの町へ出かけた。行きは小さな丸木船だったが帰りは大きな川船で、しかも施しものをたくさん積んでいたので水が船べりまでくるほどだった。

もちろん私は、集めた金を自分で持っていた。船の借り賃は払ったが。そのうえ、下着、靴下、古着、シャツ、〝ズボン（キックス）〟、〝帽子（スカイピース）〟は自分の好きなものを選んだ。M歩兵中隊の連中がこのなかから欲しいだけのものを取ってしまっても、まだたくさん残っていて、それはL歩兵中隊にやった。あのころの私はなんと若く、気前がよかったことだろう！　私はクインシーの善良な人たちに何千という〝ウソっぱちの話〟をしてやった。どの話も〝いい出来〟だった。しかし、現在、雑誌に原稿を書くような身になって考えると、あの日、イリノイ州のクインシーで惜し気もなく使ってしまった面白おかしい話や、豊かな創造力が惜しまれてならない。

ミズーリ州のハンニバル[*5]で私たち十人のならず者はばらばらになった。そう計画した

＊4　ミシシッピ川中流の左岸に位置するイリノイ州西部の都市。シカゴ・バーリントン&クインシー鉄道の終点のひとつ。

＊5　ミズーリ州北東部のミシシッピ川右岸の町。ミシシッピ川を挟んでイリノイ州クインシーまで約二十五km。

わけではない。ただ自然にばらばらになった。〝ボイラー・メイカー〟と私はこっそりとみんなから抜け出した。同じ日にスコッティとディヴィが、迅速にこっそりとイリノイ州の岸へと向かった。さらにマッカヴォイとフィッシュが逃げ出した。これだけで十人のうち六人になる。残った四人がどうなったかはわからない。抜け出したあと数日間、私は日記をつけていたが、〝放浪の旅〟の生活はどんなものか、その実例として日記から引用したい。

「五月二十五日、金曜日。ボイラー・メイカーと島のキャンプをあとにする。小型の帆船でイリノイ側の岸に行く。C・B&Q鉄道[*6]の線路をフェル・クリークまで六マイル歩く。それで、六マイルも道をそれてしまうが、トロッコに乗って、ウォバッシュ川畔のハルの町まで走る。そこで、マッカヴォイ、フィッシュ、スコッティ、ディヴィに会う。彼らも軍隊から逃げてきた」

「五月二十六日、土曜日。踏切でスピードを落としたところを狙ってキャノンボール特急に乗り込む。スコッティとディヴィは放り出される。私たち四人は、四十マイル先まで行ったブラッフスで放り出される。午後、ボイラー・メイカーと私が食べものをもらいに出かけているあいだに、フィッシュとマッカヴォイは貨物列車に乗ってしまう」

「五月二十七日、日曜日。午前三時二十一分にキャノンボール特急をつかまえる。スコッティとディヴィがブラインド車（ドアなし貨車）に乗っていた。四人とも昼間、ジャソンヴィル[*7]で放り出される。C&A鉄道[*8]がそこを走っていて、それに乗るつもり。ボイラー・メイカーはどこかへ行って、戻ってこない。貨物列車に乗ったのだろう」

「五月二十八日、月曜日。ボイラー・メイカーは姿を見せない。スコッティとディヴィはどこかへ眠りに行く。午前三時半のK・C鉄道[*9]の客車に乗るつもりだったが二人とも戻ってこない。私だけそれに乗って、日の出まで乗り続け、人口二万五千人のマッソン・シティに着く。そこで家畜輸送車をつかまえ、ひと晩じゅう乗っている」

「五月二十九日、火曜日。午前七時、シカゴに到着」

＊6　シカゴ・バーリントン&クインシー鉄道のこと。一九世紀末のころまでには、この鉄道はシカゴを中心に、南はセントルイスとカンザスシティを経由してメキシコ湾まで、西はデンヴァーまで、北西はモンタナ州まで延びていた。
＊7　イリノイ州中西部にある町。一八二五年に建設された。
＊8　シカゴ&オールトン鉄道の略称。シカゴからミシシッピ川とミズーリ川の合流点オールトンとを結ぶ鉄道として開設。その後、シカゴを起点にセントルイス、カンザスシティなどへ路線を延ばした。
＊9　カンザス・シティ・サザン鉄道を指していると思われる。カンザスシティからメキシコ湾に至る路線をもっている。

ところで、これは、それから数年たって中国で知ってがっかりしたことなのだが、われわれがデモイン川で行なった方法——一、二、一、二、先頭の船、次の船——は、実はわれわれが考えたものではなかった。中国人の船頭たちが何千年にもわたって〝急流〟を航行するのに取っていたのと同じ方法だった。これは、われわれが考え出したものではないとしても、たしかにうまい方法だった。ジョーダン博士[*10]の「それがうまくゆくか？　命を託せるか？」という真実のテストの答えになっている。

＊10　デイビッド・スター・ジョーダン（一八五一〜一九三一）。魚類学者、優生学者。スタンフォード大学の初代学長。

9 デカの追跡

素晴らしい怒り

もし放浪者が突然この国からいなくなったら、そのあと多くの家庭に不幸が広がってしまうだろう。放浪者がいるおかげで多くの人間たちがまともな生活費を稼ぎ、子どもたちを学校に通わせ、そして、信心深く勤勉な子どもに育てることが出来るのだ。私にはわかっている。かつて私の父は警官をしていて、生活費を稼ぐために放浪者狩りをしていたからだ。放浪者を捕まえると、一人につきいくらと手当が支払われた。さらに、父はマイルごとの旅費ももらっていた。私の家では家計のやりくりがいつも大きな問題だった。食卓の肉の量、新しい靴、その日の外出、学校の教科書。どれも父が運よく放浪者を捕らえられるかどうかにかかっていた。私はいまでも、毎朝、期待と不安をもって、昨夜父は苦労の甲斐があったかどうか――放浪者を何人捕まえたか、有罪にすることが出来るかどうか――その結果を待ったことを覚えている。だからのちに自分が放浪者になったとき、私を捕まえようとする警官からうまく逃げるたびに、その警官の家の子どもたちを気の毒に思わざるを得なかった。その小さな子どもたちから人生のいいものを奪い取っているような気がしたからだ。

しかし、これはみんなゲームのなかのことなのだ。ホーボーは社会のことなど無視する。一方、社会の番犬たちはホーボーから生計を立てている。ホーボーのなかには番犬に捕まるのが好きなものもいる――とくに冬には。もちろん、そういうホーボーは捕まる町を選ぶ。〝いい〟留置所があり、働かされることがなく、しかも食べものもたっぷり与えられるところだ。また、逮捕したホーボーと手当を分ける警官もいる。

これまでもいたし、おそらくいまもいるだろう。そういう警官はわざわざホーボーを追いかけたりしない。口笛を吹くだけでいい。そうすれば獲物のほうから捕まりに来る。一文なしの放浪者から金が生まれ出るとは驚くべきことだ。南部のいたるところに――少なくとも私がホーボーをしていたころは――放浪者用の収容所と大農園がある。そこでは、有罪の判決を受けたホーボーの刑期が農民に買い取られ、ホーボーはそのあいだただで働かなければならない。

ヴァーモント州ラトランドの採石場[*1]のようなところもある。そこではホーボーは搾取され、〝町の通りでの物乞い〟や〝戸口での物乞い〟で労せずして蓄えられたエネルギーがその地域社会の利益のために搾り取られてしまう。

私はヴァーモント州ラトランドの採石場のことは何も知らない。危うくそこに入れられそうになったことを思い出すと、知らなくて幸いだった。放浪者たちのあいだでは噂はすぐに広まるものだ。私が最初にこの採石場のことを聞いたのはインディアナ州にいたときだったが、ニューイングランドに入ると、その噂を頻繁に聞くようになった。それもいつも警戒信号がついていた。「連中は採石場に人を送り込みたがっている」と、途中で出会うホーボーがいう。「放浪罪だと九十日以下ということはない」。ニューハンプシャー州に入ったころには、私はこの採石場のことでかなり緊張していて、それまでになく、鉄道保安官、〝デカ（ブル）〟、警官を避けた。

ある晩、私はコンコード[*2]の町の鉄道構内へ出かけた。そこでは貨物列車が準備され、ちょうど出発しようとしているところだった。私は、からっぽの有蓋貨車（ボックス・カー）を見つけると、扉を開け、なかによじのぼった。朝までにうまくホワイト・リヴァーにたどり着けばいいと思っていた。そこでヴァーモント州に入り、ラトランドまでせいぜい千マイルのところに接近する。しかし、そこからあとは北上するに従って、その危険地点から離れていくことになる。

＊1　ヴァーモント州の中央部にあるラトランドの付近には大理石が産出し、ラトランドは別名マーブル（大理石）シティとも呼ばれる。

＊2　ニューハンプシャー州の中央部にある州都。

貨車に乗り込むと、〝新米（ゲイキャット）〟がいた。彼は私が入ってくるのを見ると恐怖にかられた。私のことを制動手（シャック）と思ったからだった。しかし、私が放浪者だとわかると、ラトランドの採石場のことを喋（しゃべ）り出した。それが頭にあったから彼は私を見ておびえたのだ。まだ若い田舎者で、そのあたりの鉄道にしか乗ったことがなかった。

貨物列車が走り出した。私たちは貨車の端に横になり、眠った。二、三時間後、ある駅で、私は、右手のドアがゆっくりと開く音で目が覚めた。〝新米〟は眠り込んでいる。私は身動きしなかったが、あたりを見られるように薄目を開けていた。手提げランプがドアのところから差し込まれ、続いて、制動手の頭があらわれた。

彼は私たちを発見するとしばらくじっと見つめていた。私は、彼が何か荒っぽいことをいうのではないか、つまり例によって〝このクソったれ！〟というのではないかと身構えた。しかし彼はそうせずに、注意深く手提げランプを引っ込めると、非常にゆっくりとドアを閉めた。こんなことはめったにないことなので、私は彼が何をするつもりなのかいぶかった。耳をすましていると、掛け金が静かにかかる音が聞こえた。扉が外側から閉められてしまったのだ。もうなかから開けることは出来ない。緊急の出口のひとつに鍵がかけられてしまった。なかからはどうしようもない。私は数秒待ってから、左手の扉に這（は）って行って、ためしてみた。こちらはまだ掛け金がかけられていない。私は扉を開けると地面に降り、うしろ手に扉を閉めた。それから連結器を乗り越えて、列車の向こう側に出た。制動手が掛け金をかけた扉を開け、貨車のなかによじのぼり、扉をうしろ手に閉めた。これで両側の扉がまた使えることになった。〝新米〟はまだ眠っている。

列車が動き始めた。次の駅に着くと、砂利を踏む足音が聞こえた。それから左手の扉が荒々しく開けられた。〝新米〟が目をさました。私は目をさましたようなふりをした。私たちは起き上がると、制動手とランプをじっと見た。彼は余計なことなどいわず、すぐに本論に入った。

「三ドル寄こせ」と彼はいった。

私たちは立ち上がり交渉をするために彼に近寄った。出来ることなら喜んで三ドル払いたい、しかし運悪く持ち合わせがなくそうすることが出来ないと彼にいった。制動手は疑り深い男だった。彼は私たちと取引した。二ドルで妥協するという。それでもいまの貧乏状態では払えない。彼は人を軽蔑したことばを並べたて、クソったれ呼ばわりし、ひどく悪態をついた。それから脅しにかかった。もし払わないのなら、私たちを貨車に閉じ込めてホワイト・リヴァーまで運び、そこで町の当局に引き渡すと説明した。さらに彼は、ラトランドの採石場のことも口にした。

この制動手は、私たちを貨車のなかに閉じ込めたと思っていた。こちらの扉には自分がいる。向こうの扉は数分前に自分の手で掛け金をかけた。彼が採石場のことを話し始めると、おびえきった〝新米（ゲイキャット）〟は向こうの扉へ近寄り始めた。制動手（シャック）は大きな声で長く笑った。「あわてることはない」彼はいった。「その扉はさっきの駅で外から閉めてしまったよ」。確信しきったその言葉を聞けば、彼は扉はまだ閉まっていると信じているのは明らかだった。〝新米〟もそう信じて、絶望的になっている。

制動手は最後通牒（さいごつうちょう）を突きつけてきた。二ドル払うか、さもなければ私たちを閉じ込めてホワイト・リヴァーで警官に引き渡す――それはつまり、最低九十日間、採石場で働くことを意味する。さて、心やさしい読者よ、向こうの扉が閉まっていたと仮定してみよう。人生はいかに当てにならないものであることか。

わずか一ドルがないばかりに、私は採石場に行き、囚人として三か月服役しなければならない。〝新米〟もそうなる。私のことはどうでもいい。すでに希望など持ち合わせていないのだから。しかし、〝新米〟がどうなるか考えてほしい。彼は九十日後には、これからは立派な犯罪者になってやると固く誓って出所してくるかもしれない。そして彼は、読者よ、あなたの金を奪い取ろうとして棍棒（こんぼう）であなたの頭を殴りつけるかもしれない。あなたでなくても、誰か他の気の毒な、罪のない人間の頭を殴りつけるかもしれない。

しかし、実際には、扉は開いている。私だけがそれを知っている。私と〝新米〟は、頼むから採石場にやらないでくれと哀願した。私が〝新米〟といっしょになってそうしたのは、単に面白がっていたからだ。しかし私は最善を尽くした。どんな悪党の心でも溶かしてしまうような〝作り話〟をした。それでも、この浅ましい金の亡者のような制動手の心を溶かすことは出来なかった。彼は私たちが金を持っていないとわかると、扉を閉めて、掛け金をかけた。それからしばらく、私たちがひょっとして、悪かった、二ドル払うといいだすのではないかと当てにしてそこにいた。

　それから、主導権を握ったのは私のほうだった。私はまず彼をクソったれと呼んだ。彼が私にいったその他もろもろの悪口を全部いい返してやった。さらにおまけを加えてやった。私は、男たちが悪態のつき方を心得ている西部の出身だ。

　それに私は、ニューイングランドのちっぽけな〝ローカル線〟のうす汚い制動手などにいいたいようにいわせておくつもりはなかった。はじめ制動手は、一笑に付そうとした。そこで彼は私にいい返すという過ちを犯した。私はさらにいいたい放題いってやり、彼を切り裂き、その傷口に、そのものズバリの燃えるような悪口をこすりつけてやった。私の素晴らしい怒りは、気まぐれでも言葉だけのものでもなかった。私はこの下劣なやつ、一ドルがないばかりに私を三か月も奴隷のように働かせようとしたこの男に、心の底から怒っていたのだ。それに、私は、この男はどうも警官の手当からいくらか〝賄賂〟をもらっているに違いないと思った。

　ともかく私は彼に仕返ししてやった。彼の気持ちと誇りを数ドル分は引き裂いてやった。彼は私を捕まえてその高慢の鼻をへし折ってやるといって脅そうとした。逆に、私は、貨車のなかに入ってきたらお前の顔を蹴飛(けと)ばしてやるといった。形勢は私のほうが有利だった。彼にもそれがわかった。そこで彼は扉を閉めると他の乗務員の応援を求めた。乗務員たちがそれに応(こた)えて砂利を踏みしめながら彼のところにやってくるのが聞こえた。その間もずっと、向こう側の扉の掛け金ははずれたままで、彼らはそのことを知らない。〝新米(ゲイキャット)〟は何も知らないので怖くて死にそうになっている。

猛スピードのサーカス

私は英雄だった——背後には逃げ道があるのだから。私は制動手(シャック)とその仲間を口汚くののしり続けた。ついに彼らは扉を開けた。ランプの光のなかで彼らの怒り狂った顔が見える。彼らにとっては簡単なことだった。私たちを貨車に閉じ込めているのだから、なかに入ってやっつけるだけでいい。彼らは行動を開始した。私は連中の顔を蹴るようなことはしなかった。反対側の扉を強く開け、〝新米〟と私は、外に出た。乗務員たちがそのあとを追ってくる。

私たちは——記憶に間違いがなければ——石垣を越えた。しかし、気がついたときにどこにいたかははっきりと覚えている。暗闇のなかですぐに私は墓石につまずいた。〝新米〟も他の墓石の上に大の字に倒れた。それからその墓地で連中のしつこい追跡を受けた。幽霊は、私たちをなかなかやるじゃないかと思ったことだろう。乗務員たちもそう思ったに違いない。というのは、私たちが墓地から出て、道路を横切って暗い森のなかへ飛び込むと、制動手たちは追跡をあきらめて、列車へと戻ってしまったからだ。その夜、しばらくたって、気がつくと私たちは農家の井戸のところにいた。水が飲みたかった。井戸の片側から一本の細いロープが下に下りているのに気づいた。二人でそれを引っぱり上げてみると、うれしいことにロープの先にクリームがたっぷり入った缶がくっついていた。以上が、私が危うくヴァーモント州ラトランドの採石場に入れられそうになった顚末だ。

ホーボーのあいだで、ある町のことを〝デカがひどい〟という噂が流れたら、その町は避けろ、あるいは、どうしても行かなければならないときは、見つからないようにそっと通り抜けろ、ということを意味する。いつもそうしなければならない町というのがある。ユニオン・パシフィック鉄道のシャイアンはそういう町のひとつだった。

そこは、〝ひどい〟ところとして全国的に知られていた――ジェフ・カーという男ががんばっていたからだ（私の記憶に間違いがなければそういう名前だった）。ジェフ・カーは〝外見〟を見ただけでホーボーだと見分けることができた。彼には言葉などいらない。ホーボーだとわかると、次の瞬間には彼は、両方の拳、棍棒、あるいは手に持っている何ででも殴りつけるのだ。ホーボーを叩きのめすと、彼は、こんどまた見つけたらただではすまないぞといってそのホーボーを追い出しにかかる。ジェフはゲームのやり方を心得ていた。北、南、東、西、はるか遠い合衆国の国境まで（カナダとメキシコを含め）、彼に痛めつけられたホーボーたちが、シャイアンは〝ひどい〟ところだという噂を広めた。幸い、私はジェフ・カーに出くわしたことはない。シャイアンを通ったのは猛吹雪（もうふぶき）のときだった。そのとき私といっしょに八十四人のホーボーがいた。ふつうは数の力でたいていのことを気にしなくなるものだが、ジェフ・カーの場合はそうはいかなかった。〝ジェフ・カー〟という言葉を聞いただけで、私たちの想像力は度胆（どぎも）を抜かれ、身体（からだ）は麻痺（まひ）し、仲間全体が彼に出くわしはしないかとびくびくしたものだった。〝デカ〟が〝あくどい〟ときには、立ちどまって彼らの行為に説明を求めるのはほとんど無駄だ。ただちに逃げる。これしかない。そう悟るには私の場合、かなり時間がかかった。最後の仕上げをしてくれたのはニューヨーク市のあるデカだった。

それ以来、デカが近づいてくるのを見ると私は機械的に逃げ出すようになった。この機械的な行動は、私の行動の中心になっている。ねじはいつでも巻かれていて、すぐに逃げ出す準備が出来ている。その習慣をこれからも捨てることは出来そうにない。八十歳になって、松葉杖をつきながらよぼよぼ通りを歩いていても、突然、警官が私を捕まえようとしたら、私は松葉杖を捨ててシカのように逃げるだろう。

デカに会ったら逃げる。それがようやくわかったのは、ある夏の午後、ニューヨークでだった。一週間ほど猛暑が続いていた。朝、物乞いに出かけ、午後は新聞社街と市庁舎[*3]の近くの小さな公園で過ごすのが、そのころの私の習慣だった。その公園の近くで、露天商人から新刊本（ただし、製本や綴じに問題がある）を、一冊数セントで買うことが出来た。さらにその公園には小さな屋台があって、そこで素晴らしい、氷のように冷たい、殺菌牛乳とバターミルクがグラス一杯一セントで買えた。毎日午後になると、私はベンチに座って本を読み、ミルクを欲しいだけ飲んだ。いつもグラスで五、六杯は飲んだ。ひどい暑さだったからだ。

そんなわけで、私は誰が見ても大人しく、勉強好きの、ミルクを飲むのが好きなホーボーだった。その私がどんな目にあったかを話したい。ある日の午後、私は、買ったばかりの本を脇にかかえ、バターミルクが無性に飲みたくて公園にやってきた。バターミルクを売っている屋台のほうに歩いて行くと、市庁舎の前の通りの真ん中あたりに人だかりが出来ているのに気がついた。ちょうどその通りを渡ろうとするところ

＊3　ニューヨーク市マンハッタン地区の北部ロウアーマンハッタンの一角に、フランスの古城のような市庁舎がある。その東側のパークロウの一帯は、一八八三年にブルックリン橋が完成して以降、次々と新聞社が移ってきて、「ニュースペーパー・ロウ」と呼ばれる新聞社街になった。

だったので、私は立ちどまって、なぜこんなに野次馬が集まっているのか見ようとした。はじめは何も見えなかった。しかし音が聞こえたし、ちらっと様子を見ることが出来たので、なんだかわかった。浮浪児が野球（ビー・ウイー）をやっていたのだ。ニューヨークの通りで野球をやることは法律で禁じられている。私はそのことを知らなかったのだが、それを目（ま）のあたりに知ることになった。私はすぐになぜ野次馬が集まっているかわかったが、そのとき、浮浪児の一人が〝デカだ！〟と叫んだ。浮浪児たちは、自分のやるべきことがわかっていた。彼らは逃げた。私は逃げなかった。

人だかりはたちまち散り散りになり、通りの両側の歩道に散った。私は公園側の歩道に行った。はじめ人だかりを作っていたのは五十人ほどだったに違いない。それがみんな同じ方向に向かっている。ゆっくりと散っていっている。私はデカ、つまり、灰色のスーツを着た大きな警官に気がついた。通りの真ん中を、急がずに、ぶらぶらと歩いてくる。私は、彼が行く先を変え、私がまっすぐに向かっているのと同じ歩道に向かって斜めに歩いてくるのに気づいた。彼は、散らばっていく群衆のあいだを縫うようにぶらぶらと歩いてくる。

彼の進む方向と私の進む方向はやがて交差する。私は警官のことや彼らのやり方を学んでいたにもかかわらず、悪いことなどやっていないと思っていたので、事態をまったく理解していなかった。警官が私を追っているとは夢にも思っていなかった。法律に敬意を払うつもりで私はすぐにも自分のほうが歩くのをやめて、その警官を先に通そうとしていた。事実、私は立ちどまったが、自分の意志でそうしたのではなかった。さらにうしろに倒れそうになった。なんの警告もなしにいきなりその警官が両手で私の胸ぐらをつかんだのだ。同時に、彼は、言葉で口汚く私の家系を侮辱した。

自由なアメリカ人としての血が煮えくりかえった。自由を愛する先祖が私のなかで叫び声をあげた。「何をするんだ?」私は強くいった。つまり、私は警官に説明を求めた。するとこれだった。ガツン！　警官の棍棒が私の頭の上に振りおろされた。私は酔っ払いのように、ふらふらとうしろによろめいた。野次馬の好奇心にあふれた顔が海の波のようにうねってみえた。大事な本が脇の下から泥のなかに落ちた。警官がもう一発くらわせようと棍棒を持って迫ってくる。くらくらする頭のなかで幻覚が浮かんだ。棍棒が何度も私の頭に振りおろされる。私は、血まみれになり、身体じゅう打たれてひどい格好になった自分が、刑事裁判所[*4]にいるのを見る。書記が、治安紊乱、不敬罪、公務執行妨害、その他罪状を読み上げるのを聞く。

そして私には、ブラックウェルズ島[*5]の刑務所に入れられる自分の姿が見える。やっと私にもゲームのやり方がわかった。警官に説明を求める気はもうなくなった。まだ読ん

＊4　シティホールの北側にあるニューヨーク市刑事裁判所。

でいない大事な本を拾うために立ちどまることもしなかった。私は警官に背を向けると、逃げだした。かなり気分が悪かったが、ともかく走った。これからも警官が棍棒を持って襲いかかってきたら、私は必ず逃げるだろう。それは死ぬまで変わらないと思う。

放浪時代から何年かたって、カリフォルニア大学[*6]の学生だったころのことだ。ある晩、私はサーカスを見に行った。ショウとコンサートが終わったあと、大サーカス団が移動の準備をするのを見ようとあたりをぶらぶらしていた。サーカスはその晩、出発することになっていた。かがり火のそばに、小さな少年たちの一団がいた。二十人ほどいる。彼らのお互いどうしの話から、サーカスにくっついて家出をしようとしているのだとわかった。サーカスの人間たちはそんな子どもたちには関わりを持ちたくなかったので、警察の本署に電話をしてその計画を〝だめ〟にした。十人の警官隊が派遣され、九時以降夜間外出禁止の法律に違反した罪で少年たちを逮捕しようとした。警官はかがり火を取り囲み、暗闇のなかを這って火に近づいてくる。合図とともに彼らは突進し、バスケットに手を突っ込んでのたうつウナギをつかむように、子どもたちを捕まえた。

私は警官が来ることをまったく知らなかった。だから突然、真鍮（しんちゅう）のボタンにヘルメット帽のデカたちがあらわれ、両手を伸ばして近づいてきたとき、私はすっかり動転してしまった。あとはただ機械的に逃げるしかない。そして私は逃げた。

私は自分が逃げているのに気づいていなかった。何が何だかわからなくなっていた。

いまいったように、機械的な行動をとっただけだった。本当は逃げる理由などなかった。私はホーボーではなかった。その町の市民だった。そこは私の故郷だった。何か悪いことをしたわけでもない。私はカレッジの学生だった。新聞に名前が出たこともあるし、いい服を着ていた。放浪時代のようにその服を着たまま寝るなんてことはもうしていない。にもかかわらず私は逃げた。恐怖にかられたシカのように一ブロック以上もしゃにむに、狂ったように走った。我に返ったあとも、まだ走っていた。自分の足をとめるには前向きの強い意志の力が必要だった。

いや、私はいつまでたってもこの習慣から抜け出せないだろう。どうしようもないことなのだ。デカが近づいてくると、私は逃げ出している。おまけに私には、留置所に入れられやすいという不幸な才能がある。ホーボーをしていたときより、やめてからのほうが留置所に入れられたことが多いのだ。たとえば、ある日曜日の朝、私は若い女性と一緒に自転車乗りに出かける。市の境界線の外へ出ないうちに、私たちは歩道を歩いて

＊5　ブラックウェルズ島は、ニューヨーク市を流れるイーストリヴァーにある小島ルーズベルト島の旧称。現在は刑務所は撤去され、島は住宅、学校、商店などが建ち並び、公園が広がる。

＊6　一八六八年に設立された州立大学。現在、旗艦校で最古の歴史を持つバークレー校のほかに九つキャンパスがある。

いる歩行者を追い越したという理由で逮捕される。私はもっと注意しようと心に決める。

次に自転車に乗るのは夜で、アセチレン・ガスのランプ[*7]の調子がひどい。私は法律があるので、その弱いランプの灯を消さないように注意深く扱う。急いでいるのだが、火を消さないようにカタツムリのようにゆっくり走る。やがて市の境界線にたどり着く。法律の及ぶ範囲を越える。そこで私はこれまでの分を取り戻そうと、全力疾走で自転車を走らせる。半マイルほど走ったところでデカに〝とっ捕まる〟。そして翌朝、刑事裁判所で罰金を払う破目になる。市当局は、住民に隠れて境界線を田舎の方に一マイル広げていたのだ。私は、言論の自由と平和な集会の基本的権利を思い出し、そこらにある箱の上に立ち上がると、罰金についての意見を述べる。するとデカが私を箱から下ろして、市の刑務所に連れて行く。そのあと私は保釈金を払って保釈される。まったく無駄な金だ。朝鮮にいたころは、よく二日に一度、逮捕されていた。満洲でもそうだった。

前回日本にいたときは、ロシアのスパイという口実で投獄された。無論、私がそういったわけではないが、それでも刑務所に入れられてしまった。私には望みがない。私は、バイロンの「シヨンの囚人[*8]」のように捕らえられる運命にあるようだ。これは予言だといっていい。

一度、ボストン広場でデカを催眠術にかけたような状態にしたことがある。ちょうど真夜中過ぎで、私は現行犯で逮捕された。しかし、釈明が終わらないうちに、なんと彼は私に二十五セント銀貨をくれ、終夜営業のレストランの住所を教えてくれた。ニュージャージー州ブリストルのデカは、私を逮捕したあと逃がしてくれた。たしかに彼は、留置所にぶち込んでもいいくらい私に怒っていたのにそうしなかった。なぜ彼がそんなに私に怒っていたかというと、私が彼に思い切り強くぶつかってしまったからだ。彼はそれまであれほど強く人にぶつかったことはなかったに違いない。ことの起こりはこうだった。

その日、真夜中ころ私はフィラデルフィアから来た貨物列車に飛び乗ったが制動手(シャック)たちに放り出された。列車は操作場の迷路のような線路やポイントを通ってゆっくりと出て行った。私は再び列車に飛び乗ったが、また放り出された。この列車は直通の貨物列車で、どの扉も鍵がかけられ、固く閉ざされていたから、列車の〝外側〟にしがみつくほかなかった。

二度目に放り出されたとき、制動手が私に説教をした。お前は危ないことをしている、

＊7　天然ガス・石油などを高温で熱分解してできるガスがアセチレン・ガス。これを燃やすと、強い光をはなって燃えるので、灯火用として使われた。

＊8　一八一六年発表のバイロン（一七八八～一八二四）の詩。シヨンはスイスのジュネーブ湖の東端にある古城で、バイロンは、ここを舞台にそこにとらわれた者を詩に描いた。

この列車は急行の貨物列車で、速度も速いという。私は、速い列車には慣れているといったが、無駄だった。彼はどうしても私を自殺させるわけにはいかないという。そこで私は歩くことにした。しかし、三たび、その列車に飛び乗った。こんどは連結器の上に乗った。それはこれまで見たことのないようなお粗末な連結器だった――本物の連結器、つまり連結環によってつながれ、互いにぶつかったりきしったりするあの連結器のことをいっているのではない。私がいっているのは、連結器の上の、二つの貨車をつないでいる、大きな綱止めのような梁(ビーム)のことだ。連結器に乗るといっても、この二本の梁(ビーム)の上にそれぞれ片足を置いて立つ。本物の連結器は、足の間、足の真下にある。

しかも、私が乗った梁(ビーム)、あるいは綱止めは通常の有蓋列車(ボックス・カー)についている幅の広い、大きなものではなかった。反対にそれは非常に狭かった――幅はせいぜい一インチ半(約四センチ)しかない。足の裏の半分もその上に乗せることが出来ない。さらにそこには手でつかむものが何もない。たしかに二つの貨車の両端にいるのだが、貨車の端は表面が平らで、垂直といっていい。取っ手もない。貨車に両手をつけて身体を支えるしかない。しかし、それも足を支える綱止めがそれなりの広さがあった場合にしか効果はない。

列車はフィラデルフィアを出るにつれてスピードをあげた。そのときはじめてあの制動手が、この列車に乗るのは自殺するようなものだといった意味がわかった。列車はどんどん速く走る。急行でどこの駅にもとまらない。ペンシルヴェニア鉄道のその区間は複々線になっていて、この東に向かって走る貨物列車は、西に向かう貨物列車とのすれ違いを心配する必要はないし、東に向かう急行に追い抜かれる心配もない。この列車には専用の線路があり、そこを走っている。私は危険な状況にあった。両足の先をわずかに狭い突出部に乗せ、両手の手のひらで、平らな、垂直の貨車の壁を必死で押さえつけている。

二つの貨車はそれぞれべつべつに、上下前後に動く。サーカスの芸人が、二頭の走る馬の背中にそれぞれ足を乗せて立つのを見たことがおありだろうか？　そのときの私はまさにそれだった。しかし、いくつかの違いもある。サーカスの芸人はつかまる手綱があるが、私にはつかまるものは何もない。サーカスの芸人は足の裏全体で立つことが出来るが、私は足の先でかろうじて立っているにすぎない。芸人は脚と身体を曲げ、姿勢をアーチのようにして力を入れ、重心を低くして安定を得ることが出来るが、私は直立の姿勢で脚を突っ張らせておかなければならない。芸人は顔を前に向けている。私は横に向けている。おまけに、彼はたとえ落ちてもただおがくずのなかにころがるだけだが、私のほうは車両にひかれてばらばらになってしまう。

しかもその貨物列車は、うなり声をあげ身体を震わせながら猛スピードで走っている。カーヴを猛烈な勢いでまわり、轟音（ごうおん）をたてて橋を渡る。片方の車両が上に上がるともう片方の車両は下に下がる。一方が右に傾くと、他方は左に傾く。そのあいだ私に出来ることいったら、ただ列車がとまってくれるように祈ることだけだ。しかし、列車はとまらない。とまる必要がない。〝放浪の旅〟に出て私は、最初にして最後、唯一このときだけ、望んでいたあらゆることを体験した。私は連結器から離れ、やっとのことで、車両の横に付いている梯子（はしご）にしがみついた。厄介な仕事だった。こんなお粗末な取っ手と足場をくっつけた車両にこれまでお目にかかったことはない。

逃亡劇

やがて汽笛の音が聞こえた。列車は速度を落としている。この列車はどこにもとまらないことはわかっていたが、少しでも速度を落としたらその機会を逃すまいと心に決めた。ちょうどこのあたりで、列車はカーヴにさしかかり、運河の橋を渡り、ブリストル[*9]の町を通過する。それだけの条件が加われば、列車は速度を落とさざるを得ない。私は横梯子にしがみついて機会を待った。列車が近づいているところがブリストルかどうかは私にはわからなかった。列車がどの程度まで速度を落とすのかもわからない。私にわかっているのは、この列車から降りたいということだけだ。私は暗闇のなかに目をこらし、飛び降りるのに適当な、交差している通りがないか探した。私は列車のかなりうしろのほうに乗っていた。その貨車が町に入る前に、先頭の機関車はもう駅を通過してしまい、また速度が上がった。

そのとき通りが見えた。暗すぎて、通りの幅がどのくらいか、反対側に何があるのかはわからない。私にわかっていたのは、飛び降りたあともその勢いで走らなくてはならないから、走れるだけの幅が必要だということだった。私は通りの手前のところで飛び降りた。そういうと簡単に聞こえるかもしれないが、「飛び降りる」というなかには、以下のことが含まれているのだ。まずはじめに、横梯子に乗っている私は、自分の身体を列車が走っている方向へ出来るだけ遠くまで投げ出さなければならない。――これは飛び降りたときにうしろに戻る感じで走ることになる、その走る距離をなるべく長く取るためだ。

それから、力いっぱいいったん身体をうしろにそらして弾みをつけて、前に飛び降りる――同時にまるで後頭部を地面にぶつけるような感じで、身体をうしろに倒す。列車は前に走っているから、飛び降りた瞬間にはすごい力が前に進む方向に加わる。この力を制御するためにこうした工夫をこらさなければならない。足が地面に着くと、身体は風に乗って四十五度の角度でうしろにのめる。それで前に進む力が多少抑えられる。足が地面に着いたとき、すぐに前に進もうとしなかったからだ。おかげで、私の身体はまっすぐに立ち、それから前に傾きはじめる。実際、身体のほうはまだ余勢があったが、

＊9　ニュージャージー州との州境にあるペンシルヴェニア州の町。フィラデルフィアに近い。

足のほうが、地面に着いたときには勢いをなくしている。

それを新たに補うために出来るだけ早く足を上げて、前に進む。そうやって、まだ余勢があって前に進もうとする身体の動きに足の動きを合わせる。その結果、私の足は通りを勢いよく、大きな音をたてながら走る。私はあえて足の動きをとめなかった。そうしたら、前につんのめっただろう。走り続ける他はなかった。

心配なのは通りの向こう側に何があるかだ。石垣や電柱がないことを望むしかなかった。その瞬間、何かにぶつかってしまった。おそろしいものだ！ 気がついたときにはもう遅く、災難が始まろうとしていた――こともあろうに、暗闇のなかにデカが立っていて、ぶつかってしまったのだ。私と彼は一緒になってごろごろところがった。こういうときでも警官は機械的に動く。その哀れな男は衝突の瞬間、手を伸ばして私をつかむと決して放そうとしなかった。二人とも打ちのめされていたが、彼はようやく立ち上がったときも、羊のように大人しいホーボーの私をつかんでいる。

もしこの警官に豊かな想像力があれば、私のことを他の世界からやってきた旅行者、火星から着いたばかりの男と思っただろう。

彼は、暗闇のなかで私が列車から飛び降りたのを見なかったのだから。実際、彼が最初にいった言葉は「どこから来たんだ、お前は？」だった。その返事に答える間もなく、次には「お前を逮捕したっていいんだぜ」といった。このセリフは、ごく機械的に口から出たものに違いない。彼は、実際は気のいいデカだった。私が〝でまかせの話〟を聞かせ、服の泥を払ってやると、彼は次の貨物列車に乗って町を出るまでの猶予をくれたからだ。私は二つの条件を出した。その貨物列車が東部に向かうものであること。扉がすべて閉ざされ封鎖された特急ではないこと。彼はこの条件を聞き入れてくれた。その結果、ブリストルの町の条例にある言葉に従えば、逮捕免除になった。

やはりこの地方で、危ういところで警官に捕まらずにすんだ夜のことを覚えている。すぐうしろつかむものがなにもない状態で、上からその警官に落ちていったのだから。そもそもこの話はこんなふうに始まった。そのころ私はワシントンのある貸し馬車屋で寝泊まりしていた。ひと仕切りの部屋と毛布をたっぷり、私ひとりで使っていた。そんな贅沢な恩恵のお返しに、私は毎朝、何頭もの馬の世話をした。もしデカがいなかったら、まだそこにいただろう。

ある晩、九時ごろ、馬小屋に寝に戻ると、クラップス[*10]が行われているところだった。市のたった日で、黒人たちはみんな金を持っていた。場所の様子を説明しておいたほうが話がわかりやすいだろう。この貸し馬車屋は、裏表ともに通りに面していた。私は正面から入って、事務所を通り、馬房が両側に並んでいる通路のところへ行った。通路は

＊10　サイコロ賭博の一種で、二個のサイコロの出目で競う。

建物の長さ分あり、先は裏の通りに面している。この通路の真ん中あたり、ガス灯の炎の下、並んだ馬のあいだに、四十人ほどの黒人がいた。私は、彼らのなかに入ってゲームを見物した。

私は一文無しだったので賭けには加われない。一人の黒人が勝ち続け、つきが落ちない。つきまくっていて、勝つたびに、賭け金が倍に増えていく。あらゆる種類の金が床に置かれていいて、壮観だった。勝つたびに、他の勝っている黒人にくらべ、つきが驚くほど増えていく。興奮が頂点に達したちょうどそのとき、裏通りに面した大きなドアをどんどんと叩く音がした。

数人の黒人が反対の方向へ逃げ出した。私は逃げるのを一瞬思いとどまって床の上のあらゆる種類の金をつかんだ。盗んだわけではない。これはこういう場合の習慣だ。逃げなかったものが誰でもいいから金をつかむ。ドアが大きな音をたてて両側に広く開け放たれた。そこからデカの一隊が押し寄せてくる。私たちは反対の方向に走った。事務所のなかは暗いし、ドアは狭い。全員がいっぺんに通りに出るのは無理だ。混乱が始まった。一人の黒人が窓を破って外に出た。窓枠まではずれてしまった。そのあとを他の黒人たちが続いた。うしろではデカたちが逃げ遅れた連中を逮捕している。私は一人の大きな黒人と同時にドアをめがけて走った。彼は私よりも大きく、私を突きとばして、先にドアを通り抜けた。

次の瞬間、棍棒が彼の頭の上に振り下ろされ、彼はシカのように倒れた。他のデカの一隊が外で私たちを待ちかまえていたのだ。彼らは私たちの突進を手でとめるのは無理だとわかっていたので、棍棒を振りまわしていた。私は、私を突きとばした黒人の上につまずいたために、棍棒の一撃をよけることが出来た。そしてデカの脚の間をくぐり抜けて、逃げ出した。それからどれだけ走ったことか！　ちょうど私の前に一人のムラートが走っていた。私は彼のペースに合わせて走った。彼は私よりこの町のことをよく知っている。だから彼について走っていれば安全だった。しかし、彼のほうは、私のことを警官が追っていると思ってしまった。彼は、わき目もふらずに、ただ走った。私は息も乱さず、彼のペースに合わせていたので、彼は死にそうになってしまった。とうとう彼は、力尽きてよろめき、膝をついて、降参した。私がデカでないと気がついたとき、彼にやられずにすんだのは、彼が息もたえだえにへばってしまっていたからだ。

こうして私はワシントンをあとにした。――そのムラートのせいではなく、デカたちのためだった。私は駅に行き、ペンシルヴェニア鉄道の急行の最初のブラインド（ドアなし貨車）に飛び乗った。列車が走り出し速度を上げてきてから、私は不安になってきた。この鉄道は複々線だった。そして機関車は走行中に給水出来る。機関車が走行中に給水出来る列車の最初のブラインド車には絶対に乗るなと以前からホーボー仲間たちに注意されていた。レールとレールのあいだに、浅い金属の水槽がある。機関車が全速力で上を通過するときに、一種の落とし樋（シュート）がこの水槽のなかへ落とされる。その結果、水槽の水がすべて樋（とい）を上がっていき、炭水車に満たされる。

ワシントンとボルティモアのあいだのどこかで、ブラインド車の連結台の上に座っていると、心地よい水しぶきがあたりに広がり始めた。害はない。なるほどそうかと私は思った。あの話は、ウソだったのだ。進行中に給水してしまう列車の最初のブラインド車には乗らないほうがいいという話はウソだったのだ。この程度の水しぶきがどうだというのか？　それから私にはこんな装置がばからしく思えてきた。これが鉄道の実態だった！

粗野な西部の鉄道について話そうか——と、そのとき炭水車に水がいっぱいになった。そして、水槽の端まで行かないうちに、高波のような水が炭水車の後部を越えて、私の上に降ってきた。私は船から落ちたみたいに、身体じゅうずぶ濡れになってしまった。

列車はボルティモアに着いた。東部の大部分でよくあるように、鉄道は道路の高さより下の、大きな〝切り通し〟の底を走っていた。列車が明かりに照らされた駅に近づくにつれ、私はブラインド車の端で出来るだけ身体を小さくした。しかし、鉄道のデカが私を見つけ、追いかけてきた。さらに二人加わった。私は駅を走り抜け、線路をまっすぐに走った。私は罠にかかったようなものだった。両側には切り通しの険（けわ）しい崖（がけ）がある。それに登って失敗したら、すべってデカの手に落ちる。私は走りに走った。その間も、切り通しの壁にうまく登れる場所がないか目をくばった。ついにそういう場所を見つけた。線路をまたいでいる陸橋の下を通り過ぎたところだった。私は、手足の爪でひっかきながら険しい斜面を登った。

三人の鉄道のデカも私を追って、斜面をよじ登ってくる。

上に出るとそこは空地だった。片側には、低い塀があって、通りを隔てている。詳しく調べている余裕はない。彼らはすぐうしろに迫っている。私は塀に向かって走り、そこを飛び降りた。そこでびっくり仰天してしまった。ふつう人は、塀の向うもこちら側と同じ高さになっていると思うものだ。しかし、この塀は違った。空地側の地面のほうが高くなっていた。こちらから見ると塀は低く見えた。しかし、向こうから見ると——そう、何もつかむものがなく、塀を飛び越えた瞬間、私は、まるで足から奈落の底へ落ちていくような気がした。足もとの歩道のところには、街灯の光に照らされてデカが一人立っていた。歩道まで九、十フィート(約三メートル)はあったと思うが、空中で驚き、ショックを受けている私にはその倍はあるように見えた。

私は空中で身体をまっすぐにして、落ちていった。はじめ、デカにぶつかるだろうと思った。足がものすごい音をたてて歩道に着いたときは、彼にほとんどぶつかりそうだった。私が来るなど予期してなかったのに、デカがショック死しなかったのは不思議だ。私はまたもや火星から来た男になった。彼はジャンプした。馬が自動車をよけるように私から跳びのいた。それから私を捕まえようとした。私は釈明しようなどとは思わなかった。そんなことは、あとから用心深く塀を飛び越えてきた追っ手にまかせればいい。しかし、またしても追跡を受けた。私はあちらの通りを走り、こちらを走り、やっとのことで逃げることが出来た。

クラップス・ゲームから手に入れたコインを何枚か使い、一時間ほど暇をつぶしてから私は、鉄道の切り通しへ戻った。駅の灯がとどかないところで列車が来るのを待った。血の気はおさまったが、服が濡れていたりしていたので、みじめっぽく身体が震えた。やっと列車が駅に入ってきた。私は暗闇のなかで身体を低くした。列車が出て行くときうまく乗り込むことが出来た。こんどは注意して二両目のブラインド車に乗った。もう、走行中に水をかぶることはない。四十マイル走って最初の駅に着いた。私は明かりのついた駅に降りた。不思議なことに見覚えのある駅だった。私はワシントンに戻ってしまったのだ。ボルティモアでの逃亡劇の興奮から、どうしたわけか、私は身をかわしたり角を曲がったりまたもとの道に戻ったりしながら、知らない通りを走っているうちに、逆戻りしていたのだ。

私は方向違いの列車に乗ってしまった。ひと晩じゅう起きていて、ずぶ濡れになり、しつこく追いまわされ、そのあげく苦労の甲斐もなく、またもとの場所に戻ったというわけだ。まったく、〝放浪の旅〟はいつも面白いことばかりではない。しかし、私はあの貸し馬車屋には戻らなかった。うまく金をつかんだし、黒人たちとその金を分ける気はなかった。そこで私は、次の列車に乗って出発し、朝食はボルティモアで食べた。

訳者解説

川本三郎

アメリカ映画『エデンの東』（一九五五年）のなかに、ジェームス・ディーンが汽車の屋根に乗るシーンがある。線路脇で待機していて、汽車が来るとひょいと飛び乗り、貨車の屋根によじのぼる。そして屋根に乗ったまま旅をする。無論、無賃乗車、ただ乗りである。以前、ジーンズのメーカーのＴＶコマーシャルに使われたので日本でもこのシーンはよく知られている。

やはり五〇年代のアメリカの青春映画『ピクニック』（一九五五年）を見ると、冒頭、若者のウィリアム・ホールデンがカンザス州の田舎町にやってくるときにやはり貨車にただ乗りをしていて、列車が駅に近づいたところで素早く飛び降りる。

アメリカでは若者たちが、貨車の屋根に乗ったり、荷を積んでいない貨車にもぐり込んだりしながら、ただで放浪の旅をすることは〝伝統〟になっていて、鉄道会社からも大目に見られていた（と思う）。

若いころにただ乗りの旅をしたというアメリカ人は多い。のちにハリウッドの大スターとなるクラーク・ゲイブルやロバート・ミッチャムがそうだったし、ボブ・ディランやジョーン・バエズから〝フォーク・ソングの父〟と慕われたウディ・ガスリーも若いころ、ギターを持って、ただ乗りの旅に出た。彼の若き日を描いたアメリカの映画『ウディ・ガスリー　わが心のふるさと』（一九七六年）には、青春時代のウディ・ガスリー（デヴィッド・キャラダイン）が『エデンの東』のジェームス・ディーンのように列車の屋根に乗って旅する姿が描かれている。

彼らのように列車にただ乗りしながら放浪する人間たちのことをアメリカでは「ホーボー」（Hobo）と呼ぶ。南北戦争が終わったあと、従軍した若い兵士たちが故郷に帰るために汽車に乗っているうちに、汽車の旅が楽しくなり、いつのまにか、当時アメリカ国内に拡大し始めた鉄道網を利用してアメリカ全土を旅するようになったのがはじまりとされている（Stuart Flexner "Listening To America"）。語源は定かではなく、兵士たちが"Homeward Bound"（家に帰ろう）とよくいったことからとも、彼らが出会ったときに"Ho! Beau"（よう、ダチ公）と挨拶を交わしたからともいわれている。他に"Tramp""Bum"といういい方がある。

日本では以前は「浮浪者」と訳されることが多かったが、現在では「ホーボー」でわかる。「浮浪者」というと社会から捨てられたマイナスのイメージが強いが「ホーボー」は決して社会的落伍者(らくごしゃ)ではない。むしろ中世の吟遊(ぎんゆう)詩人たちのような自由な放浪者という面が強い。

彼らはただ乗りを繰り返しながら渡り鳥のようにアメリカを旅した。家に住まず、家族を作らず、定職を持たない。時折、雇われ仕事をする。無論いつも貧しく腹を減らしているが、彼らには何者にも束縛されない自由な気分がある。

アメリカはフロンティアを西へ西へと進むことによって発展してきた国である。そこでは旅すること、移動することは生活の一部、文化の一部になっている。西部開拓時代には「隣の家の煙突の煙が見えたら、移動すべきだ」という言葉もあったほど人々は、移動を繰り返した。一か所に定住することを大事にする農耕民族の日本人とは旅の考え方が違っている。

アメリカ文学や映画には旅を描いた作品が昔から多い。ヘミングウェイが「アメリカ文学の原点」と呼んだマーク・トウェインの『ハックルベリイ・フィンの冒険』はハック少年が、家族や町のしがらみから逃れてミシシッピ川を筏(いかだ)で旅していく放浪の物語としていまだに、親しまれている。一九五七年発表で若い世代にバイブル視されたジャック・ケルアックの青春放浪記『路上(オン・ザ・ロード)』はいまだに青春の書として読み継がれている。ジャック・ケルアックは、『孤独な旅人』という一九六〇年に出版した旅の随筆集のなかで「私は十八歳の時にジャック・ロンドンの人生の本を読んで、自分も冒険家になろう、孤独な旅行者になろうと決心した」と書いている。ケルアックの『路上(オン・ザ・ロード)』は明らかにロンドンの『ザ・ロード』を受け継いでいる。「ロード」は、旅を人生の糧(かて)にする者にとってのキー・ワードである。

旅を描いた映画も『イージー・ライダー』（一九六九年）から『ストレンジャー・ザン・パラダイス』（一九八四年）まで数えきれないほどあり、ロードムービーというジャンルまであるほどだ。二〇二一年に日本で公開されたアメリカ映画、アカデミー賞の作品賞と監督賞を受賞したクロエ・ジャオ監督の『ノマドランド』の主人公、フランシス・マクドーマンド演じる、男のようにキャンピング・カーでアメリカ中西部を旅する女性も現代の放浪者といっていい。

アメリカの男たちは、一か所にじっとしているより旅することが好きなのだ。たとえ実際には家庭があって旅することは出来なくとも、心のどこかでいつか放浪の旅に出ることを夢見ている。彼らには、家庭の子どもであるトム・ソーヤーより天性の自然児ハックルベリイ・フィンのほうが憧れになる。

「ホーボー」はこういう移動性を重んじるアメリカ社会から生まれたひとつの文化英雄である。決して社会から見捨てられた哀れな浮浪者ではない。たとえ貧しくとも、社会的束縛から解放されて自由気ままに生きることが出来るアメリカン・ヒーローである。あの山高帽にだぶだぶズボンというチャップリンの放浪者のイメージがアメリカ人に親しみを与えたのもそのためといっていい。

この文化英雄としての「ホーボー」の魅力を最初に文学にしたのがジャック・ロンドン（一八七六―一九一六）である。「ジャック・ロンドンは、トランプあるいはホーボーのことをよく知り、理解を示した。それをうかがわせることばで書いた、記憶に値する最初のアメリカ作家である」とはフレデリック・フェイエッド著『ホーボー　アメリカの放浪者たち』（一九八八年、晶文社、中山容訳）の言葉である。

ジャック・ロンドンは十六歳の時にホーボーの世界に出会い、十八歳の時にホーボーの生活に本格的に飛び込んで、アメリカ大陸からカナダまで、放浪の旅をした。そして多くのホーボーと知り合い、彼らの生活を丁寧に観察した。

貨車の屋根に乗る。牛や豚を積んでいる貨車で眠る。貨車と貨車のあいだの連結部分に飛び乗る。貨車の下のレールすれすれのところにあるすきまにもぐり込む。命がけのただ乗りである。ホーボーを目の敵（かたき）にする車掌（シャック）や制動手たちと戦い、ときには町の警察に〝放浪罪〟で逮捕され、刑務所に入れられる。

ジャック・ロンドンはそうやってホーボーとして旅をし、のちに作家になってから一九〇七年に、その体験を一冊の本にまとめた。それが本書『ザ・ロード』（"The Road"）である（日本では一九九二年に『アメリカ浮浪記』〔辻井栄滋訳、新潮社〕、そして一九九五年に本書単行本（『ジャック・ロンドン放浪記』小学館）が翻訳として出版された）。ホーボーとしての経験が書かれたこの本は、その冒険物語があまりに魅力にあふれていたので、当時、彼の真似をしてホーボーになろうと家出する少年たちが増えた。そのために親たちがジャック・ロンドンにホーボーの生活を書かないでくれと頼んだというエピソードがあるほど、若い世代によく読まれた。おそらく『エデンの東』のジェームス・ディーンも、若き日のウディ・ガスリーもジャック・ロンドンの放浪記を読んだことだろう。

ジャック・ロンドンは一八七六年にサンフランシスコで生まれた。アーヴィング・ストーンのジャック・ロンドン伝『馬に乗った水夫』（二〇〇六年、早川書房、橋本福夫訳）によれば、彼の父親というのは、W・H・チェーニイ教授という、全国を渡り歩いている占星術家だった。一か所に定住せずあちこちで講演をしたり、授業をしたりしながらアメリカを旅する〝放浪学者〟である。ジャック・ロンドンの放浪癖は、この父親から受け継いだもののようだ。

ただこの父親は正式の父親ではない。母のフローラ・ウェルマンが彼とは結婚せずに、ジャック・ロンドンを生んだからである。いまふうにいえば〝未婚の母〟となった彼女は、チェーニイと別れたあとジョン・ロンドンという男と結婚、そのために子どもの名前はジャック・ロンドンになった。

この養父は貧しかったので、ジャック・ロンドンは子どものころから社会に出て働かなければならなかった。新聞配達、缶詰工場、黄麻(おうま)工場、発電所、洗濯屋と実にさまざまな仕事を体験している。この時代のアメリカでは決して珍しいことではないが、こういう多様な職業体験が彼の果敢な冒険精神を鍛えただろうことは容易に想像しうる。

のちにホーボーになったとき、ジャック・ロンドンは〝セイラー・ジャック〟(水夫のジャック)という呼び名を付けられる。それは彼が海を好きだったからだ。サンフランシスコで育った彼は、目の前に広がる大きな海に心を奪われた。海に船で乗り出して行く冒険を夢見た。そして十四、五歳のころ、新聞配達などして貯めた金でスキフと呼ばれる古い小舟を手に入れると、それでサンフランシスコ湾を航行した。さらには湾内を荒しまわっている牡蠣(かき)の密漁者の仲間にもなった。密漁という違法行為も、若いジャック・ロンドンにとっては自立のためのひとつの通過儀礼だった。

この時期、ジャック・ロンドンは本を読む楽しみを覚え、図書館に出かけていっては、キプリング、メルヴィル、ゾラなどの小説を読みあさった。ホーボー時代にもよく本を読んだことが記されているが、放浪と読書という一見不似合いの二つの体験が意図せぬ、自然の作家修業になった。

彼の若き日は、自伝的小説『マーティン・エデン』（一九〇九年）に描かれている。セルジオ・レオーネ監督の『ワンス・アポン・ア・タイム・イン・アメリカ』（一九八四年）は、ニューヨークのユダヤ系ギャングの半世紀を描いた叙事詩だが、この映画のなかには、ロバート・デ・ニーロ演じる主人公が若き日（一九二〇年代）、ジャック・ロンドンの『マーティン・エデン』を読む場面がある。当時、夢多き若者たちによく読まれたのだろう。なお、『マーティン・エデン』はだいぶ脚色されていたが、二〇一九年にはイタリアで映画化された（ピエトロ・マルチェッロ監督、ルカ・マリネッリ主演）。ジャック・ロンドンの衰えぬ人気を感じさせる。

ジャック・ロンドンは作家になったあとも一度、日本を訪れているが、十代の若者のころにも、日本（明治時代）にやってきている。一八九三年のことで、本書に書かれた放浪の合間である。アザラシ狩りの船の船員として、サンフランシスコから太平洋を渡り、日本、朝鮮、シベリアを猟をしながら約三か月航海した。メルヴィルの『白鯨』を読んで、どうしても船に乗りたくなったからだという。ジャック・ロンドンの青春時代には、フロンティア開拓はすでにカリフォルニアという〝終点〟にまでたどり着いていて、それ以上、西に進もうと思ったらもう太平洋しかなかった。アザラシ狩りの船に乗って太平洋を西に向かったジャック・ロンドンは〝最後のフロンティア・マン〟ということが出来る。

ホーボーの世界に本格的に飛び込んだのはこのあと一八九四年、一八歳のときだった（なお本書で述べられる最初の旅は一八九二年のことである）。当時アメリカは大不況のただなかにあり、失業者の数が増大した。彼らは町にいても生活が出来ないので、ホーボーとなってアメリカ大陸を放浪するようになった。ホーボーのなかには、軍隊組織を作り、ワシントンの政府まで、職を求める大デモンストレーションを行なうものもあらわれた。本書に出てくるケリー将軍やコクシー将軍がそれである。

アメリカ各地にホーボーが大量にあらわれた。放浪癖の強いジャック・ロンドンがこれに心を奪われない筈はない。サンフランシスコに行っても先の見込みはないと見た若いジャック・ロンドンは、ホーボーの群れに自分から飛び込んでいったのだ。

もとより楽な旅ではない。自由に見える放浪の旅も現実には死と隣り合わせにある。この本を読むと、あまりにホーボーの生活が厳しいので、現代の人間ならむしろ〝ホーボーになんかなりたくない〟と思ってしまうのが正直なところではないだろうか。

鉄道会社はホーボーたちのただ乗りを防ぐために屈強な車掌やシャックと呼ばれる制動手を列車に乗せ、ホーボーがただ乗りしていると棍棒を使って追い出そうとする。走る列車から突き落とすこともあるから、当然、死ぬホーボーも出る。ただ乗りといっても命がけである。

ちなみにこのホーボーと車掌の闘いといえば、映画ファンならすぐに、ロバート・アルドリッチ監督の『北国の帝王』（一九七三年）を思い出すだろう。一九三〇年の大恐慌の時代のホーボーたちを描いていて、日本で「ホーボー」が親しい存在になったのは、この映画からだろう。〝北国の帝王〟と呼ばれるただ乗りのうまいホーボー（リー・マービン）が、鉄道会社の警戒の目をくぐっては、列車に乗り込んで、アメリカ各地を旅する。彼を目の敵にする制動手(シャック)（アーネスト・ボーグナイン）がなんとかそれを阻止しようとする。

　一九三〇年代を舞台にしているが、この映画に描かれているホーボーたちの姿は、『ザ・ロード』で描かれたものとほとんど変わっていない。貨車の屋根にしがみつく。貨車の下の、車輪と貨車のあいだのわずかなすきまにもぐり込む。シャックがそれを叩き出そうと、棍棒をロープにつけて枕木に沿ってロープを繰り出してゆく。バウンドした棍棒が貨車の下に隠れているホーボーの身体(からだ)に激しくぶつかり、ホーボーは悲鳴を上げる。ジャック・ロンドンが描いたままの様子が『北国の帝王』で詳しく描かれている（ホーボーに関心を持つ人には、この映画をＤＶＤでご覧になることをおすすめしたい）。

　車掌やシャックの他にホーボーには冬の寒さという大敵がいる。うまく列車に乗り込むことが出来ても、屋根の上や連結器の上では外気に吹きさらしになる。うとうと眠ったりしたら凍死しかねないし、走る列車から振り落とされかねない。冬の旅は命がけのものになる。だからこそ、冬のロッキー山脈を越えたものは一人前のホーボーとして仲間に受け入れられる。

食料の問題もある。金もなく定職もないホーボーは、いつも食料の調達を考えなくてはならない。通りで物乞いする。一軒一軒まわっては食べものを恵んでもらう。ホーボーを侮蔑する町の人々の冷たいあしらいにも耐えなければならない。さらに警官がいる。町にホーボーという余計者が入り込んでこないように目を光らせている。彼らに捕まると刑務所に送り込まれる。

ホーボーの生活は当然のように少しも楽ではない。にもかかわらず、そこには自由な放浪の楽しさもある。困難が多ければ多いほど野原の日ざしが美しいものに思えてくる。食べものを恵んでくれる女性の優しさが身にしみてくる。仲間どうしのお喋りが最高の楽しみになる。

アメリカ文学には「トールテイル」(tall tale ほら話)という伝統がある。昔、西部開拓の人間たちには楽しみごとがなかった。厳しいフロンティアの生活のなかで数少ない楽しみといえば、焚火にあたりながら、あれこれ話をすることだった。その話は、奇想天外であればあるほどよかった。みんなが競い合って、話を面白くするために、誇張したり、罪のない嘘を加えたり、いい加減に脚色したりした。そこから「トールテイル」

が生まれていった。

マーク・トウェインの小説から、現代のジョン・アーヴィングの小説まで、アメリカ文学には「トールテイル」の流れが確固としてある。

ジャック・ロンドンもホーボーをしながら自然にこの「トールテイル」の伝統を学んでゆく。「貨車のすきまに」という章はその意味でとくに面白い。ホーボーになったジャック・ロンドンは、食べものを恵んでもらうために嘘の身の上話を語る。悲しければ悲しいほどいい。そしてうまく相手を騙(だま)すと、その日の食べものにありつける。ジャック・ロンドンは自分が小説家として成功したのは、この嘘の訓練のためだという！　ホーボーにとっては嘘もまた生活の知恵、才能のうちなのだろう。ジャック・ロンドンが〝セイラー・ジャック〟と呼ばれたように、ホーボーたちがそれぞれニックネームを持っているのも面白い。彼らはニックネームを持つことで、本来の自分、本当の素性(すじょう)からは自由になった物語の主人公になることが出来る。ホーボーとは、だから現実の世界を生きているというより、夢の世界を生きているロマンティストといってもいい。

ジャック・ロンドンは四十年の短い生涯、旅をし続けた。二度結婚したが、結婚しても旅をやめなかった。生涯にわたったその旅も中途半端なものではなかった。

アザラシ狩りの船に乗って日本までやってくる。ホーボーになってアメリカからカナダにかけて広範囲にただ乗りの旅をする。一八九六年、アラスカのクロンダイクに金が発見され、ゴールド・ラッシュが始まると、チャップリンの『黄金狂時代』に描かれたあの金探しの男たちに加わってアラスカまで出かけた。ジャック・ロンドンの名前を一躍高めた『野性の呼び声』は、このときの体験から生まれた。人間に飼われていた犬が、アラスカの大自然のなかで次第に野性に戻ってゆく姿は、天性の放浪児ジャック・ロンドンの理想の姿だったのだろう。

作家として成功したあとも一か所にじっとしてはいられない。南アフリカにボーア戦争（南アフリカのオランダ系移民とイギリス軍の植民地をめぐる戦争）が勃発すると、通信社の特派員としてアフリカに行こうとする。その計画が挫折すると、ロンドンに行って、貧民街イーストエンドに入り込み、貧しい住民たちと最下層の生活を体験する（その体験から『どん底の人びと』が生まれる）。

さらに日露戦争が勃発すると、通信社の特派員として太平洋を渡り、日本、朝鮮半島に出かけて行く。長崎では、ロシアのスパイと疑われて憲兵に逮捕され、平壌では許可なく従軍したという理由で日本軍に逮捕され、監獄に入れられる。

書斎型の作家とはまったくタイプが違う。まず冒険の旅、放浪の旅がある。その体験から作品が生まれる。二十世紀になるとスペインの内戦に参加するヘミングウェイのような〝行動する作家〟があらわれるが、ジャック・ロンドンはその先駆的存在といっていいだろう。

さらに後年には、自分の船で太平洋を渡ろうと、『野性の呼び声』などで得た印税をつぎ込んで小型船を買い入れ、ハワイまでの航海を試みた。航海中に自分で船の操縦法を学んだ。根っからの冒険家なのである。

といってジャック・ロンドンには冒険家にありがちな荒々しい征服欲はない。彼の旅は現実的な目的を達成するための実利的な旅ではない。マッチョ的な力の誇示のための旅でもない。ただ、ひとつの場所からもうひとつの場所へと流れるような漂泊の旅である。彼は、ただ、自分の身体を未知の風景のなかに溶け込ませようとする。自然の一部になろうとする。その意味では彼は、冒険家というよりは、ロマン主義的な詩人である。

ジャック・ロンドンの旅は、あくまでも個人の旅、ひとり旅である。大きな組織を作ってするような旅ではない。だから彼は、失業者を軍隊のように組織したケリー将軍の仲間たちとは相性が悪く、そこから逃げ出す。そのときの仲間とも最後は別れて一人になる。ジャック・ロンドンはいつも独立独歩、一人でいることをよしとする。国家のため、正義のためという使命感とも無縁。ハックルベリイ・フィンがそのまま大きくなったように、気ままな旅を続けて行く。そこがジャック・ロンドンの魅力である。

彼は、フロンティアの大自然を、国家の力などを頼らずに、個人の力で生き抜いてきた西部開拓者たちの「セルフヘルプ」（自助）の精神を確実に受け継いでいる。だから彼は、冒険家というよりは、西部の大草原を馬で駆けるカウボーイの面影を残している。アーヴィング・ストーンのいう「馬に乗った水夫」である。ウディ・ガスリーに『ホーボーの子守唄(ララバイ)』といういい曲がある。それは、まるでジャック・ロンドンに捧げられた曲のようだ。最後にその歌詞を記しておこう。

おやすみ　流れるホーボーよ
町の光は流れにまかせておくがいい
ほら
汽車のレールの音が聞えるだろう
あれがホーボーの子守唄さ

写真資料

これらの写真は原書初版本（1907年）に掲載された挿絵写真の一部です。アメリカ議会図書館所蔵の1点と、他はWikimedia Commonsに公開されたものです。すべてパブリック・ドメインとなっています。

鉄の軸（ロッド）の上で（41頁）

私は四つんばいになってレールを横切り、連中と反対側に出る（61頁）

私はこれまで二、三度、ランプで殴られたことがある（53頁）

私は両足をバネにして、両腕で自分の身体を“持ち上げる”（58頁）

屋根に乗る（58頁、アメリカ議会図書館蔵）

立ち上がり、屋根の上をうしろへ六両ほど歩いてゆく（59 頁）

本書は、一九九五年五月に発行された『ジャック・ロンドン放浪記』（小学館）を改題したものです。文庫化にあたり、全体に加筆修正を行い、注釈・ルビを加除しました。またコラム等を削除し、新たに写真を加えました。一部、今日の人権意識に照らして不適切と考えられる語句や表現がありますが、発表当時の時代背景と作品の文学的価値に鑑みて、そのまま訳出しました。なお本書の注釈を単行本時に執筆された秦玄一氏を探しております。ご連絡先をご存知の方がいらっしゃいましたら、編集部までご一報いただければ幸いです。

ちくま文庫

ザ・ロード
――アメリカ放浪記(ほうろうき)

二〇二四年四月十日　第一刷発行
二〇二四年十月五日　第二刷発行

著　者　ジャック・ロンドン
訳　者　川本三郎（かわもと・さぶろう）
発行者　増田健史
発行所　株式会社　筑摩書房
東京都台東区蔵前二―五―三　〒一一一―八七五五
電話番号　〇三―五六八七―二六〇一（代表）

装幀者　安野光雅
印刷所　中央精版印刷株式会社
製本所　中央精版印刷株式会社

ISBN978-4-480-43949-9　C0197